MORTE DE UM INGLÊS

Texto de acordo
com a nova
reforma ortográfica

Magdalen Nabb

MORTE DE UM INGLÊS

Tradução
Johann Heyss

Death of an Englishman
Magdalen Nabb
First published in 1981
Copyright © 1999 by Diogenes Verlag AG Zürich
All rights reserved
Copyright © 2009 by Novo Século Editora

PRODUÇÃO EDITORIAL	Sieben Gruppe Serviços Editoriais
CAPA	Guilherme Xavier
TRADUÇÃO	Johann Heyss
PROJETO GRÁFICO	Andressa Lira
DIAGRAMAÇÃO	Cissa Tilelli Holzschuh
REVISÃO	Sally Tilelli

Dados Internacionais de Catalogação na Publicação (CIP)
(Câmara Brasileira do Livro, SP, Brasil)

Nabb, Magdalen
Morte de um inglês / Magdalen Nabb ; tradução
Johann Heyss. -- Osasco, SP : Novo Século Editora,
2009.
Título original: Death of an Englishman.
1. Ficção inglesa I. Título.

08-11542   CDD-823

Índices para catálogo sistemático:
1. Ficção : Literatura inglesa 823

2009
IMPRESSO NO BRASIL
PRINTED IN BRAZIL
DIREITOS CEDIDOS PARA ESTA EDIÇÃO À
NOVO SÉCULO EDITORA.
Rua Aurora Soares Barbosa, 405 – 2º andar
CEP 06023-010 – Osasco – SP
Tel.: (11) 3699-7107 – Fax: (11) 3699-7323
www.novoseculo.com.br
atendimento@novoseculo.com.br

A autora gostaria de agradecer, como sempre, à inestimável ajuda do general Nicolino D'Angelo em assuntos relacionados à polícia militar italiana, os *carabinieri*.

Parte 1

1

O pequeno escritório estava mergulhado na escuridão, a não ser pela pequena luminária sobre a escrivaninha, ao lado do telefone, e pelas luvas brancas de seda sobre o monte de papéis debaixo do foco de luz vermelha. Uma jaqueta preta de uniforme estava pendurada nas costas de uma cadeira giratória e o sobretudo militar do mesmo uniforme, salpicado por linhas vermelhas, estava jeitosamente abotoado e pendurado em um cabideiro atrás da porta, ao lado de um chapéu bem escovado. Havia no escritório o espaço exato para uma cama dobrável junto à parede pintada de branco, e, sobre ela, com as pernas cuidadosamente colocadas de modo a não fazer vinco nas calças, repousava o *carabiniere*[1] Bacci. Ele era o responsável pelo turno da noite. Os traços de seu rosto florentino mostravam serenidade. Estava dormindo.

Ele era muito novo e dormia profundamente com uma cópia do *Códice di Procedura Penale* aberto sobre o peito

---

[1] Policial militar italiano, carabineiro. (N.T.)

e um manual de táticas militares ao lado, no chão. Sua intenção teria sido passar a noite acordado, estudando, mas o aconchego do pequeno escritório, a suavidade da luz vermelha e o silêncio combinaram-se para fechar seus olhos castanhos, apesar de ele continuar a ler em sonho.

O telefone guinchou, estridente e insistentemente, debaixo do jato de luz. O *carabiniere* Bacci se pôs de pé antes mesmo de acordar e bateu continência antes até de colocar-se em posição ereta. Quando ele se deu conta do que era o barulho, agarrou o fone rapidamente para não acordar o marechal. Uma voz baixa e aflita disse:

– Marechal Guarnaccia, marechal... é melhor o senhor vir aqui imediatamente, é o inglês, ele...

– Um momento – Bacci tateou para achar o interruptor de luz e pegou um lápis.

– Marechal?

– Aqui não é o marechal Guarnaccia, quem fala é o *carabiniere* Bacci, com quem estou falando?

Houve uma pausa, e então a voz continuou obedientemente:

– Cipolla, Gianpaolo Maria.

– E o endereço?

– Meu endereço? – a voz era tão fraca que Bacci ficou pensando se estaria falando com um homem ou com um garoto.

– Seu endereço e o endereço de onde está falando, se for o caso.

– Via Romana, oitenta e três vermelho, este é meu endereço.

– E de onde está falando?

– Via Maggio, cinquenta e oito.

– E foi cometido algum crime aí?

– Sim, é o inglês... O marechal está ou não está? Minha irmã é vizinha de porta do marechal, e seu marido é jardineiro no Boboli[2], de modo que eu o conheço... e ao marechal...

– Posso apenas lhe perguntar – disse o *carabiniere* com toda a fria dignidade de seus dois meses de experiência – o que está fazendo na Via Maggio no meio da noite se mora na Via Romana?

Outra pausa. Então a vozinha disse:

– Mas... é de manhã... eu trabalho aqui.

– Entendo. Bem. Fique onde está que chego em cinco minutos – o *carabiniere* Bacci vestiu o casaco e o sobretudo e ajeitou cuidadosamente o chapéu e as luvas de seda. Ficava nervoso de não se lavar e barbear, mas o assunto devia ser urgente. Ele hesitou, olhou para a porta que levava às acomodações do marechal e depois olhou novamente para o local onde seu casaco estava pendurado, e onde agora dava para ver uma Beretta nove milímetros ainda no coldre de seu cinto de couro branco. O marechal estava suando na cama com um princípio de gripe, razão pela qual Bacci insistira em dormir no escritório ao invés de subir para dormir na cama – atitude um tanto quanto desnecessária na opinião do marechal – mas o *carabiniere* Bacci era conhecido como o "aluno perfeito". Desceu a arma em silêncio, conferiu-a e atou-a à cintura com um olho ainda na

---

2   Giardino di Boboli, famoso parque de Florença, Itália. (N.T.)

porta interna. Seria preciso acordar o marechal, talvez, ou ligar para Borgo Ognissanti caso precisasse de ajuda. Mas se ligasse para o quartel-general, com certeza lhe diriam para ficar onde estava e mandariam um policial. Contudo, Bacci, em toda sua vida, jamais estivera perto da cena de um crime. Sabia que esta era uma boa oportunidade, enquanto tamborilava levemente os dedos enluvados na escrivaninha. O marechal havia dito que se algo importante acontecesse... – não devia ser uma coisinha de nada, é claro – afinal, nada jamais acontecia na Stazione Pitti.

O *carabiniere* Bacci não gostava do marechal. Em primeiro lugar, porque ele era siciliano e suspeitava que fosse criminoso, se não fosse da própria máfia, e sabia que o marechal percebia suas suspeitas e até as encorajava. Parecia achar graça delas. Em segundo lugar, detestava o marechal porque ele era grande e gordo e tinha um problema constrangedor nos olhos que o fazia lacrimejar copiosamente nas horas em que o sol brilhava. Bem, pelo menos aquilo era constrangedor para o próprio Bacci. Além disso, como sofria incessantemente de saudades da esposa e dos filhos que estavam em casa, em Siracusa, suas lágrimas frequentemente rolavam de modo desesperadamente convincente, desesperadamente para Bacci. O próprio marechal limitava-se a fisgar os óculos escuros que estavam sempre em um de seus volumosos bolsos e explicava para quem quisesse ouvir que "está tudo bem, é só um problema que tenho. A luz do sol provoca esta reação".

Não acordaria o marechal, pensou. A Via Maggio ficava logo ali. Ele podia ir e voltar em dez minutos e então acordá-lo, se realmente fosse necessário. Saiu do escritório e trancou a porta.

O homem que ligou estava certo – era de manhã; na verdade, estava quase amanhecendo. Um amanhecer indolente e úmido de dezembro. Uma névoa densa e amarelada se erguia e se infiltrava por entre as ruas estreitas, amortecendo os passos do *carabiniere* Bacci, que saiu no escuro pela arcada de pedra e cruzou o átrio inclinado do palácio Pitti. Os poucos carros deixados lá fora a noite toda pareciam fantasmas, pois estavam cobertos de gotículas de orvalho. Ele cruzou a *piazza* silenciosamente e cortou por uma viela que abria uma brecha por entre os altos edifícios, dividindo a *Piazza* Pitti da Via Maggio. Tremia dentro do pesado sobretudo, ciente de que a cidade inteira dormia detrás de cortinas fechadas. Os postes de luz ainda estavam acesos, mas como a estreita passagem tinha apenas um lampião de ferro em cada extremidade, Bacci tinha de caminhar cautelosamente, contorcendo-se para passar pela inevitável fileira de motocicletas estacionadas de maneira ilegal. Levantava discretamente o nariz por causa do fedor de esgoto que impregnava a névoa do amanhecer, e que só se dispersaria na hora do *rush*, substituído pela fumaça de escapamento resultante do tráfego intenso. No meio da viela, no ponto mais sombrio, ele tropeçou em uma lata de coca-cola que saiu rolando pelos ladrilhos desiguais, o que o irritou profundamente. Quando saiu na Via Maggio parou para pensar na direção que deveria tomar. À sua direita, a rua de altos palácios renascentistas seguia na direção do rio e da ponte Santa Trinitá, invisível agora sob a neblina; à sua esquerda, um trecho mais curto da rua levava a uma diminuta *piazza* triangular que dava para a estrada que vinha de Pitti. Consultando os dois sistemas de numeração, o vermelho e o preto, o *carabiniere* Bacci virou para a esquerda em direção à pracinha e a cruzou... 52... 106 vermelho... 108 vermelho... mal se via os velhos e apagados números vermelhos sob a cinzenta meia-luz, mas os grandes números pretos apareciam com clareza em suas placas brancas, e ele estava procurando um número preto... 54... 110 vermelho... 56... 58. Havia um indecifrável brasão talhado em pedra na altura do primeiro andar. As gigantescas portas de ferro ornadas com pregos alcançavam o brasão, e as persianas dos três andares acima estavam fechadas. Nenhum fio de luz parecia indicar de onde viera a ligação e o *carabiniere* Bacci agora se dava conta que esqueceu de perguntar o nome pelo qual devia procurar. Havia uma agência bancária no térreo do edifício e uma loja com a persiana de metal abaixada. A loja marcava o fim da Via Maggio e ficava de frente para a pequena *piazza*. E foi justamente a loja que o fez lembrar – um inglês – lembrava ter lido em algum lugar... "Mundo dos Lojistas"... passou o dedo enluvado em branco delicadamente pela campainha de latão polido, espiando de perto a lista de nomes... Frediani... Cipriani... Cesarini... não... A. Langley-Smythe, que ficava à direita no térreo – mas seria mesmo no térreo? A plaquinha ao lado da campainha em frente estava vazia, devia ser o apartamento do porteiro. No último andar à esquerda havia outro nome inglês: "Senhorita E. White", e, entre parênteses, "Landor". Mas não havia dúvida que a pessoa que ligou mencionou um homem. Ele tocou a campainha do térreo. Ninguém respondeu. Ele tocou outra vez, curvando-se para levar a orelha ao alto-falante. Nada. Podia ser trote... ou até algum tipo de armadilha, acontecia muito... ouvira histórias... estava ficando um pouco nervoso. Podia ser algum siciliano atrás do marechal... ou terroristas!

– Nunca acontece nada na Stazione Pitti – ele repetiu para si mesmo baixinho, e então ouviu passos. Pareciam próximos, mas não podiam vir de dentro do edifício, não dava para ouvir nada além daquelas portas. Os passos estavam vindo da esquina depois da loja; passos lentos, pesados. Uma silhueta sombria emergiu da neblina; era o segurança particular da noite fazendo sua ronda.

– Venha logo – exigiu o *carabiniere* Bacci quando o segurança veio se aproximando. – Tem algo errado aqui.

– Não havia nada de errado quando passei pela última vez – disse o segurança de modo indiferente, puxando o boné para trás. Ele escolheu uma chave do farto molho em sua mão, destrancou uma das portas principais e a pressionou com o ombro o suficiente para abrir uma brecha por onde jogou o tíquete branco que provava aos moradores que ele tinha feito a ronda, e recuou. Seu rádio tossiu de súbito, voltando à vida e, de modo igualmente súbito, soltou um assovio e silenciou.

– E foi só isto que fez na última ronda? – o *carabiniere* Bacci perguntou severamente.

– Não. Peguei o elevador e conferi todas as portas. Vai encontrar um tíquete em cada porta, caso entre. Mas como você está aqui, vou deixá-lo terminar esta ronda pessoalmente.

– Pode entrar na próxima ronda... Talvez eu precise que você dê um recado... – Bacci pensou outra vez que queria ter tido tempo de se barbear. Estava se sentindo menos confiante do que na primeira vez que saiu do escritório.

– Estou indo para casa – disse o segurança. – Esta foi minha última ronda. Os guardas do banco chegam às oito – caminhou com passos determinados, escolheu outra chave e desapareceu saindo pela primeira grande porta. Bem, o guarda do banco, quando chegasse, certamente seria um ex-*carabiniere* e seria de mais ajuda. Bacci empurrou com o ombro a porta de carvalho ornado até que ela se abrisse o bastante para ele entrar.

Um amplo corredor decorado com pedras, parcamente iluminado por pequenas lâmpadas noturnas, conduzia a um par de altos e imponentes portões de madeira que, presumivelmente, davam para o pátio central do edifício. O *carabiniere* Bacci tateou em busca de um interruptor e acendeu uma lâmpada levemente mais forte, pendurada em uma lanterna de ferro encravada antes dos portões. À sua direita estava a entrada de funcionários do banco; à esquerda, uma guarita fora de uso, com a janela coberta. Caminhando de maneira lenta, porém barulhenta sobre o chão cujo piso era de pedras, chegou aos portões trancados e seguiu por um corredor menor dobrando à esquerda, onde uma grande escadaria de pedras levava aos andares superiores. Na base da escadaria, à esquerda, estavam as caixas postais dos moradores; à direita, uma luz e uma porta que parecia conduzir a um depósito. Havia ali uma luz amarela que se fazia notar por uma fenda perto da porta. O nome na campainha era A. Langley-Smythe. Os passos pesados do *carabiniere* Bacci pararam. Empurrou delicadamente a porta com um dedo enluvado até ela se abrir. Um abajur de pergaminho estava aceso sobre uma escrivaninha empoeirada e entulhada. Fora isso, o lugar estava imerso em sombras e ele inicialmente não viu A. Langley-Smythe. Mas percebeu, sentado perto do abajur em uma cadeira aprumada, como se estivesse de guarda, um homem diminuto, de rosto pálido e cabelos fartos e espetados, vestindo um sobretudo de algodão preto.

– Então por que diabos você não me acordou? Ah, acordou? Bem, você se enganou... você pegou o quê? *Carabiniere* Bacci, irei pessoalmente... Tocou em alguma coisa? Pelo amor de Deus, não toque em nada! Quem? O que ele está fazendo aí...? Só um minuto, tenho que pegar um... atchim!

– Ele não apenas parece estar em estado de choque, ele está em estado de choque. A esposa dele está no leito de morte, deve até ter morrido ontem à noite; a irmã dele está na Via Romana, então o que ele está fazendo... Escute, simplesmente o mantenha aí até eu chegar, terei de ligar para Borgo Ognissanti primeiro... e não toque em nada... Ah, Deus... – ele ligou para o quartel-general.

O marechal Guarnaccia vestiu o uniforme lentamente, com dificuldade, espirrando quase sem parar. Sentia-se enjoado e tonto e seu corpo inteiro ardia. Ele achou umas aspirinas no banheiro e, com a ajuda de quatro copos d'água, tomou meia dúzia delas, o que aliviou seu mal-estar. Amanhã ele ia passar o Natal em casa; não podia ficar doente, não podia passar o Natal sozinho e doente no quartel em Florença, quando metade dos sicilianos da cidade estava se acotovelando em um dos trens superlotados para o sul, carregados de malas e embrulhos volumosos amarrados com cordas. Ele espirrou alto novamente e saiu, passando pela arcada, sentindo a cabeça leve ao se deparar com o tempo frio e úmido que lhe envolveu o rosto febril. Um sol aguado estava acabando de irromper em meio à neblina matinal e o marechal Guarnaccia começou a lacrimejar. Suspirando, procurou os óculos escuros no bolso do casaco e os colocou.

Quando o marechal chegou o apartamento do inglês estava lotado como uma estação de trem. Havia mais de uma dúzia de pessoas lá dentro e dois carregadores do Instituto Médico Legal estavam encostados à porta de entrada, discutindo algo com o general-de-brigada em exercício.

– Não consigo digerir e pronto...

– É a temperatura do óleo que conta, se você tentar do jeito da minha mãe...

– No meu entender, um bom bife...

O marechal passou por eles acenando com a cabeça.

– Jesus, Maria, José – disse baixinho ao terminar de entrar. Ele não estava vendo o corpo de A. Langley-Smythe, e nem poderia mesmo ver, escondido que estava por dois fotógrafos, pelo promotor público substituto e pelo professor Forli, do Instituto Médico Legal; estava olhando para o pátio e vendo a figura patética do pequeno faxineiro dentro de seu humilde sobretudo preto. Uma porta-balcão fora aberta na grossa parede de pedra em algum ponto nas últimas décadas, e o faxineiro estava lá fora, catando o lixo dos ladrilhos cobertos de musgo que rodeavam os grandes vasos de terracota, e colocando-o em uma sacola de polietileno. Seu rosto era de uma palidez esverdeada.

– Ele parecia que ia desmaiar se continuasse esperando aqui dentro – explicou o *carabiniere* Bacci, que também por pouco não desmaiou durante o tempo que passou sozinho com o corpo. – Ao que parece, ele limpa o pátio uma vez por mês, e também as escadas e a entrada, mas só uma vez por semana. Achei que lá fora ele poderia aliviar a cabeça, já que tinha de esperar... e, como você disse, a esposa dele estava doente...

– Ela está morta – murmurou o marechal, com os olhos grandes fixos na silhueta encurvada do lado de fora. Ele parou para tocar a campainha ao lado e o jardineiro abriu a porta, com os olhos vermelhos e o rosto escurecido pela barba por fazer. Estava preparando o café da manhã das crianças, pois a mulher ainda estava na Via Romana.

O grupo ao redor do corpo começou a se desfazer. O capitão do quartel-general responsável pelo caso saiu do quarto em que seus técnicos estavam trabalhando e olhou para o promotor público substituto arqueando uma sobrancelha. O outro olhou para o alto. Nem precisava dizer nada. Aquilo tinha de acontecer tão perto das festas de fim de ano?

— E sem chance de ser suicídio — suspirou o promotor.

— Muito difícil. Tiro nas costas, nenhuma arma encontrada.

— Bem, faça o que puder...

— Faça o que puder para esclarecer o caso antes do Natal — o promotor apertou a mão do capitão e do professor Forli, que também já fechava sua mala para ir embora. O marechal se virou e olhou para ele com esperança.

— Acha que poderia...

— Nada — disse o professor automaticamente. — Só depois da autópsia... fora isto, é o que você pode ver por si mesmo. E muita coisa vai depender de sabermos que horas ele comeu pela última vez... Tomara que tenha jantado em um restaurante... parece provável, já que está na cara que ele era solteirão — o professor, um homem elegante e grisalho, olhou para a imundície que reinava no ambiente com nojo inequívoco.

— Na verdade — o marechal disse humildemente —, tudo isto está um pouquinho além do meu alcance — e sentou-se pesadamente em uma cadeira antiga e empoeirada, esfregando a sobrancelha. — Eu ia lhe perguntar se pode me dar algo para febre.

— É gripe?

— Acho que é.

— E o que você tomou?

— Só aspirina.

O professou tomou-lhe o pulso.

– Você devia estar de cama.

– Eu sei – o marechal desviou o olhar involuntariamente para o *carabiniere* Bacci, subindo e descendo delicadamente em seus saltos bem engraxados perto das janelas e batendo nervosamente em si mesmo com suas luvas de seda.

– Sei – o professor seguiu seu olhar.

– E tenho um general-de-brigada que está doente, de licença, e o único rapaz que me sobrou já está a caminho de casa – era a mesma coisa em toda parte na época das festas, a inexorável corrente humana em direção ao sul, firme e inevitável como a areia que corre na ampulheta, deixando os museus, os hospitais, as delegacias de polícia e os bancos severamente desfalcados.

– Estamos no mesmo barco – o professor se condoeu. – Vou lhe prescrever um antibiótico, mas vou logo lhe avisando para pegar leve. Permita que o garoto o substitua por agora e deixe este assunto para o capitão resolver.

– Não precisa se preocupar com isto. O máximo que encaramos em Pitti são batedores de carteira; ele não vai me querer. Só estou de olho neste garoto. Quanto antes ele estiver são e salvo de volta à escola de cadetes, melhor. Parece que eles vêm para cá cada vez mais jovens. Devo estar ficando velho.

– Bem, de qualquer modo, tente descansar, e tome bastante líquido – ambos repararam ao mesmo tempo na garrafa de uísque quase vazia ao lado do abajur de pergaminho. – Mas não líquidos deste tipo.

– Jamais provei disso – o marechal bebia meio litro de vinho tinto no jantar, nunca mais nem menos que isso, e uma gota de *vinsanto* aos domingos.

– E também nada de vinho enquanto estiver tomando isto – o professor parecia estar lendo a mente do marechal enquanto escrevia. Entregou-lhe a receita e deu um tapinha no ombro enorme. – Coragem.

– Capitão... – um dos técnicos estava encurvado no canto do recinto, examinando algum objeto. O capitão se abaixou para ver. Um busto de cerâmica maiólica azul e branca, a cabeça de um anjo. O técnico estava espanando gentilmente o pó para revelar um cordão ao redor do pescoço.

– Ah, não... – o capitão disse baixinho. Aquilo não estava cheirando bem e ia causar complicações.

– Lamento, senhor, mas é isso mesmo... – Ele puxou o cordão, deixando à vista o selo na ponta.

O capitão se levantou.

– Mande trazer alguém de Pitti, sim? Tente o doutor Biondini, diretor da galeria Palatine, ele deve estar lá por agora. Provavelmente poderá lhe dizer algo de imediato, mas se não disser, ligue para meu escritório assim que tiver informações.

Quando o capitão já estava novamente no quarto de dormir, o *carabiniere* Bacci foi até a figura encurvada e perguntou timidamente:

– O que aconteceu? – olhou para o pequeno selo. – O que significa?

– Problema – disse o técnico. – Roma... – como se fossem sinônimos. – Podem iluminar aqui? Rapaz, tente manter distância, sim...

– Já podemos virá-lo? – os carregadores estavam esperando fazia mais de hora e meia. O chão do lado de fora do apartamento estava coberto por pontas de cigarro e as conversas não estavam mais fazendo sentido.

– Com o filé por cima, veja bem, e malpassado. E mais nada, a não ser, talvez, um prato de chalotas agridoces, com bastante manteiga.

– Cebola me dá enjoo, nem chego perto.

– Podem levá-lo – o professor disse, correndo para alcançar o promotor substituto e convidá-lo para tomar o café da manhã em algum bar.

Os carregadores começaram a acomodar o volume considerável do corpo de A. Langley-Smythe na maca, e o marechal reparou que ele estava de calça debaixo do roupão e que não havia muito sangue, apesar de ter se formado uma pequena mancha no canto do tapete persa perto da lareira. Os carregadores saíram com sua carga, largando ecos de suas vozes pelo corredor de pedra. O capitão e seus homens estavam novamente enfiados no quarto de dormir, onde aparentemente haviam encontrado algo de interesse. O marechal e o *carabiniere* Bacci foram deixados a sós na sala de estar.

– *Carabiniere* Bacci.

– Sim, senhor?

O marechal estava de olhos fechados, com suas mãos grandes e úmidas espalmadas nos joelhos como se tentando manter o equilíbrio.

– Quero que faça uma coisa imediatamente. Que faça direito e faça rápido.

— Sim, senhor — o *carabiniere* Bacci bateu com o calcanhar no solo de pedra. O marechal hesitou levemente, entregou-lhe a receita médica e disse:

— Vá à *piazza*, na farmácia ao lado da papelaria e me traga isto aqui.

— Sim, senhor — o *carabiniere* Bacci valeu-se das luvas para pegar a receita delicadamente entre dois dedos e caminhou elegantemente em direção à porta.

— E seja rápido!

— Sim, senhor!

O marechal sentou onde estivera o outro, com seus grandes olhos marejados agora abertos, mas sem expressão, assimilando tudo ao redor. O recinto tinha móveis em excesso, em um estilo estranhamente aleatório, e estava mais empoeirado do que sujo, o tipo de poeira claustrofóbica de sótãos e depósitos de entulho. Os móveis eram uma variada coleção de estilos e períodos, todos bastante antigos e muitos deles grandes demais até para uma sala espaçosa e de pé-direito alto como aquela. Havia algumas pinturas a óleo que não foram penduradas, apenas encostadas às paredes sobre móveis. As únicas peças que pareciam estar no lugar eram a escrivaninha e as cadeiras de couro gasto em frente e detrás dela, em uma das quais o marechal estava sentado no momento, e uma enorme e velha poltrona estofada de veludo vermelho desbotado. As almofadas, também de veludo, estavam amassadas conforme a posição em que alguém costumava se sentar, e havia um jornal inglês parcialmente caído ao lado do assento. A poltrona estava perto da lareira de pedras, onde os restos de uma fogueira jaziam frios na rede metálica. A lareira estava cheia de pontas de cigarro. O marechal sentiu a tentação de afundar o corpo nas almofadas de veludo, mas a marca do corpo do inglês era evidente demais. Ele suspirou e continuou olhando ao redor.

– Que beleza – disse ele baixinho ao observar as estátuas de mármore dos dois lados da lareira. As duas figuras pareciam romanas com suas dobras profundas pesadamente acentuadas pela poeira, mas deviam ser cópias florentinas. E eram muito boas mesmo assim. Quer dizer que ele era um homem rico, mas morava no térreo... olhou novamente para o pátio vazio, seu corpanzil tão estático e seus olhos grandes tão cegos quanto os da figura de mármore.

– Ah! – deu um soco no braço acolchoado da poltrona, levantando uma pequena nuvem de poeira, e se levantou para dar uma olhada no banheiro. Fazia algum tempo que não limpavam o lugar. Havia roupa íntima usada jogada no bidê e no chão. Havia restos de creme dental e nacos cinzentos de creme de barbear na pia, e na banheira havia um rastro enferrujado onde a torneira pingava sem parar. Automaticamente, o marechal tentou fechar a torneira, sem sucesso.

– Marechal?

– Aqui – havia um leve, mas inconfundível cheiro de vômito.

O *carabiniere* Bacci ficou parado à porta, segurando um pacote branco. Seus olhos castanhos claros captaram o estado do banheiro, mas ele disse apenas:

– Devo ficar com as chaves?

– Não... sim, o capitão vai precisar delas, creio eu.

Enquanto esperavam pelo capitão, foram dar uma olhada na cozinha. Havia xícaras usadas de café na pia e uma pequena cafeteira sobre o fogão manchado. A geladeira continha uma pequena caixa de leite e meio pacote de manteiga ligeiramente rançosa. Em um armário de metal encontraram uma jarra de café recém-moído, presunto inglês e biscoitos caros.

– Lojas Old England – disse o *carabiniere* Bacci. – Na Via Vecchietti.

O marechal olhou para ele.

– É onde ele devia comprar estas coisas – ele corou. – Minha mãe às vezes compra chá nesta loja.

– Chá?

– Sim.

– Chá?

– Eles têm uma mistura própria – o rosto do *carabiniere* Bacci estava vermelho, mas ele não tinha a intenção de explicar a histórica predileção florentina por tudo que era inglês. Pegou um recipiente de metal no canto do armário. – *Chá Old England Breakfast*.

– Pfff – disse o marechal.

– Podemos ir? – sugeriu da porta o capitão. Foi só depois de dar as chaves para o guarda na porta e de instruí-lo a trancá-la depois que os técnicos saíssem, que alguém foi reparar na pequena figura esperando pacientemente na sombra, na direção do corredor embandeirado.

– Cipolla – murmurou o marechal na orelha do capitão. – O faxineiro que o encontrou. Sua esposa morreu ontem à noite, portanto se você puder...

– Entendo. Venha conosco para Pitti, sim? O marechal vai tomar seu depoimento... vamos lá, vamos lá! Solte esta sacola de porcarias e vamos embora.

– Não é porcaria, marechal – o homenzinho estava com medo de se dirigir diretamente ao capitão. – São coisas do pátio, coisas que as pessoas deixam cair de suas janelas e terraços... pregadores de roupas em sua maioria, e brinquedos de crianças, às vezes resíduos da lavagem das roupas...

– Largue isto onde quer que costume deixar e venha conosco – disse o marechal educadamente. – No caminho vamos lhe arrumar um café e uma *grappa*[3], você parece estar precisando.

O homenzinho pendurou sua sacola de polietileno em um gancho perto da porta do elevador, onde os inquilinos poderiam recolher seus pertences, e os seguiu, piscando os olhos pela manhã úmida e barulhenta. O marechal pôs os óculos escuros. O bar da esquina da pequena *piazza* triangular ainda estava cheio, com sanduíches e brioches empilhados no balcão de vidro para o café da manhã, e a máquina de café trabalhando sem parar.

– O que posso lhe trazer, marechal? Três cafés, é isso?

– Quatro – o faxineiro não quis comer nada; os outros pediram brioches, mas o marechal não conseguiu

---

3   Aguardente de bagaço de cana. (N.T.)

engolir o seu. Ele estava febril e sentia-se pior a cada minuto que passava. Ficaram parados no balcão perto do vapor quente, observando uma van branca abarrotada de turistas alemães que iam às compras de Natal, e ficou preso na rotatória em forma de triângulo, incapaz de manobrar em meio aos carros estacionados ali ilegalmente. O motorista deve ter vindo pela Pitti e tentado fazer uma curva fechada para voltar para o rio pela Via Maggio. Os carros que ele estava impedindo de trafegar, alguns dos quais nem dava para enxergar, buzinavam furiosos enquanto um *vigile* de capacete alto e branco tentava, ao mesmo tempo e em paciente desespero, ajudá-lo a recuar sem quebrar nenhuma vitrine, e convencer os donos dos outros carros a sair do bar e tirá-los do caminho.

– Não se pode nem tomar o café da manhã em paz nesta cidade – disse um dos motoristas em altos brados, limpando delicadamente a boca com um guardanapo de papel e seguindo de modo ostensivamente vagaroso.

– Tenham um pouco de paciência, sim? – apelou o jovem *vigile*[4], olhando da porta para dentro.

Os donos das lojas que não tinham fregueses, e também os que tinham, saíram para assistir ao conhecido espetáculo. O digno dono da papelaria estava parado com as mãos para trás, balançando a cabeça de cabelos grisalhos lentamente frente à desordem. O churrasqueiro napolitano, com quem o dono da papelaria não falava, esfregou

---

4 Vigia. (N.T.)

a sobrancelha com um avental branco manchado e sorriu com os dentes de ouro, as chamas de sua fogueira adejando diabolicamente por trás. O joalheiro observava detrás de seu pastor alemão. Normalmente o marechal estaria com a melhor das disposições, com ou sem assassinato, por estar na *piazza*, curtindo o cheiro misturado de madeira queimada com carne assada, café e torradas, ao invés de ficar trancado em seu escritório em Pitti. Mas hoje o barulho e a confusão faziam sua cabeça girar e ele ficou aliviado quando pagaram pelos cafés e saíram. O carro do capitão estava no átrio inclinado.

– Espere-me aqui – disse ao motorista –, voltaremos para o quartel-general dentro de uns quinze minutos.

Enquanto caminhavam, ele disse ao marechal:

– Você precisará informar o consulado inglês, eles entrarão em contato com o parente mais próximo dele, se é que ele tem algum; e deverá mandar seu *carabiniere* à igreja anglicana e à biblioteca para mim... alguém deve saber algo sobre ele...

As portas principais do Palácio de Pitti estavam agora abertas e uns poucos turistas da época de inverno e turmas de escola estavam passando pelo pátio central para chegar às galerias e ao Jardim Boboli que ficava depois.

– Você deve conhecer esta pequena área melhor que qualquer um, portanto se puder me dizer alguma coisa sobre os inquilinos daquele edifício antes que eu os interrogue...

Mas à medida que o marechal ia caminhando, as pedras grandes e pálidas do muro do palácio balançavam para frente e para trás através das lentes escuras dos óculos. O efeito da aspirina havia passado e sua temperatura estava decolando. Talvez ele nem devesse ter tomado café...

Quando entraram no escritório ele tirou o chapéu e os óculos escuros e pegou um lenço. Estava tremendo e com a testa molhada de suor.

– Santo Deus, você está doente!

– Desculpe... acho que terei de deitar... – era tudo que ele podia fazer para conseguir chegar ao quartel, tirar o sobretudo e o casaco e deitar na cama, agarrando o pacote branco do farmacêutico. Para sua surpresa, o *carabiniere* Bacci o seguira. Ele estava doente demais e preocupado demais para interpretar esta rara atenção; ele estava agoniado por causa do velho faxineiro baixinho. Engoliu dois comprimidos e se deitou.

– Diga a ele... diga a ele que talvez eu não possa ir ao funeral, se não melhorar – estava com os olhos fechados e o rosto vermelho. – Mas posso mandar uma coroa de flores... ela era tão jovem, sabe... foi câncer, disse o cunhado... e ele não é tão velho quanto parece... deve ter sido assassinato, creio eu... havia uma mancha de sangue no carpete... mas não muito grande... não muito... *carabiniere* Bacci?

– Sim, senhor?

– Do que estou falando?

– É melhor o senhor descansar. Quer algo mais?

Não houve resposta.

De modo que foi o capitão quem sentou na cadeira do marechal e interrogou o faxineiro enquanto o *carabiniere* Bacci tomava nota.

Gianpaolo Maria Cipolla, nascido em Salerno em 1938, morava desde 1952 em Florença, na Via Romana, número 83 vermelho, viúvo, chegara na Via Maggio 58 na quarta-feira, 22 de dezembro, na hora de sempre, 6 da manhã, para limpar a entrada e as escadas do edifício e lustrar as placas de latão e as maçanetas externas. Ele tinha sua própria chave do portão do pátio, pois também o limpava mensalmente, mas não tinha a chave da porta da frente. Ele não viu os faxineiros do banco na manhã do dia 22, mas a despeito de quando tivessem chegado, deixaram a porta entreaberta para ele. Ele não tinha a chave do elevador, cada inquilino tem a sua. Ele usou as escadas e começou a limpar do alto. Ele vira, do pé da escada, a porta do térreo totalmente aberta e uma luz acesa. Entrou e viu o inglês morto no chão e ligou para o marechal ao invés de ligar para 113, o número de emergência, porque o marechal morava perto de sua irmã, que era casada com um jardineiro do Boboli. Depois de telefonar ele se sentou para esperar.

O capitão se virou para o *carabiniere* Bacci.

– A porta estava totalmente aberta quando você chegou, ou fechada?

– Aberta, senhor.

– Eu abri para você – Cipolla ainda estava apavorado de se dirigir ao capitão. – Eu fechei quando entrei, mas depois abri para você.

– Então por que também não abriu as portas principais para mim? Existe algum interruptor eletrônico dentro do apartamento?

– Não nos apartamentos do térreo, só nos de cima.

– Bem, então por que não saiu para abrir as portas?

– Eu ia... não parecia certo deixá-lo... um homem morto, afinal... eu ia, mas então o ouvi entrar...

– O guarda noturno abriu para mim, senhor.

– Encontre-o. Quero saber se ele viu alguma coisa e que horas ele fez sua última ronda antes dessa. Teremos que chamar os faxineiros do banco também. É uma pena que não tenha reparado neles nesta manhã.

O *carabiniere* Bacci corou. Podia jurar que não havia luz no edifício quando ele chegou, mas estava tão nervoso...

O capitão se levantou para deixá-los.

– Vá primeiro ao consulado britânico, pois eles devem ter algo para nos dizer, e telefone para me fazer um relato assim que voltar aqui. Não perturbe o marechal, quanto mais repousar, melhor. Vou mandar um general-de-brigada para ele.

– Certo, senhor – era para este tipo de pessoa que o *carabiniere* Bacci queria trabalhar: elegante, confiável, preciso. E com o marechal de cama, fora do caminho, Bacci sentia-se muito feliz.

O faxineiro baixinho ainda estava lá depois que o capitão partiu.

– Pode ir para casa – Bacci disse a ele. – Entraremos em contato com você se precisarmos, e quando o caso for formalizado você terá de dar um depoimento oficial no escritório do promotor público.

O faxineiro ainda parecia inseguro quanto ao que fazer, continuava olhando para a porta pela qual desapareceu o marechal. O *carabiniere* Bacci, lembrando da mensagem, disse:

– O marechal me pediu para lhe dizer que ele talvez não esteja em condições de comparecer ao funeral, está muito mal da gripe, mas vai mandar uma coroa de flores... e eu também gostaria de lhe dar meus pêsames...

– Obrigado... então, tenho de ir embora? – ele olhou vagamente para ele, como se tivesse deixado algo para trás, encurvando um pouco os ombros estreitos, com os cabelos espetados lhe conferindo um ar de permanente surpresa. Ele foi se arrastando para o frio lá fora, tremendo em seu fino sobretudo de algodão.

A meio caminho da Via Maggio, quando estava indo para o consulado britânico, o *carabiniere* Bacci parou para se barbear. Ao cruzar a ponte Santa Trinitá, suas bochechas limpas formigaram em contato com o ar úmido. A neblina matinal, ao invés de subir, foi baixando, bloqueando o sol fraco. No alto do rio, o fantasma da Ponte Vecchio com suas janelinhas acesas, apoiava-se sobre o nada; rio abaixo a correnteza inchada e verde-oliva e os edifícios amarelos e cinzentos que a ladeavam se dissolviam em meio à neblina depois de cento e poucos metros.

2

A luz do dia estava desaparecendo lá pelas três da tarde e o *carabiniere* Bacci, ainda vestindo seu sobretudo, acendeu a luz do escritório antes de pegar o fone. Quando estava para ligar, ouviu o marechal chamá-lo e foi até o quarto de dormir. O marechal ainda estava na cama e vestia seu pijama. Parecia respirar com dificuldade.

– Que horas são?
– Três e um pouquinho. Está precisando tomar mais algum comprimido?
– Somente às cinco... Você parece molhado, está chovendo?
– Começou a chuviscar, nada demais, mas já está escurecendo. Tenho que ligar para o capitão.
– O que está acontecendo?
– Passei a maior parte da manhã no consulado britânico com uma garota chamada *Signorina* Lowry.
– Como ela é?
– Muito bonita; ela tem cabelos vermelhos...

— *Carabiniere* Bacci — disse o marechal —, fico encantado que você tenha se apaixonado, mas gostaria de saber se ela foi de alguma ajuda, se vão cooperar.

— Sim, senhor. Sim, ela foi de grande ajuda; telefonou para a embaixada em Roma, onde eles o conhecem melhor e o próprio cônsul informou a família na Inglaterra. A única coisa é que ela disse que a família pode nos causar problemas, dependendo de sua reação, mas tudo o que devemos fazer é esperar para ver. Depois fui falar com o guarda noturno; ele mora na Via Fiesolana, e quando cheguei lá tive que esperá-lo acordar. Ele insiste que a porta do apartamento do térreo estava fechada todas as vezes que ele passou por ela...

— As persianas...

— Senhor?

— Você disse que estava ficando escuro... feche as persianas antes de sair e acenda a luz, não a luz grande... a da luminária, aqui perto de mim... isso... — o marechal fechou os olhos e algumas gotas de suor brotaram em sua testa e nariz. Bacci voltou para o escritório e fechou a porta com cuidado.

O capitão parecia igualmente determinado a interromper seu relato.

— O cônsul atual o encontrou somente uma vez, em uma das recepções do prefeito, porém, o cônsul anterior talvez o tivesse conhecido melhor, mas está aposentado e antes disso o inglês estava na embaixada de Roma. Seu cartão de registro...

— Certo, tudo bem, vamos tratar disso tudo depois.

Sua ida ao consulado parece ter causado certa comoção; teremos a honra de receber a visita de dois homens da *Scotland Yard* – o inglês evidentemente tinha parentes em altas esferas. – Nossos visitantes estarão no voo desta tarde, de modo que devem estar aqui por volta de quatro e meia. Como é seu inglês?

– Muito bom, senhor.

– Então esteja aqui em meu escritório dentro de uma hora. Como está o marechal?

– Nada bem, ainda de cama... não há mais ninguém aqui, senhor, no escritório... quer dizer...

– Eu sei. Nesta época do ano é praticamente impossível, mas há um homem a caminho, portanto espere por ele... Não posso deixá-lo aqui a noite inteira. O marechal está...?

– Ele precisa de repouso, senhor. Eu estarei aqui.

– Sim... talvez se puder fazer a gentileza de me ligar caso aconteça qualquer coisa.

– Sim, senhor – o *carabiniere* Bacci disse obedientemente.

– Ensolarada Itália – observou o inspetor-chefe secamente enquanto cruzavam a pista de decolagem em Pisa com suas golas levantadas devido à garoa brumosa.

– Estamos em dezembro, senhor – o jovem inspetor se aventurou a lembrá-lo.

Formavam uma dupla improvável. O inspetor Jeffreys considerava seu chefe um típico produto de escola pública de terceira classe, cuja ignorância era ultrapassada somente por sua arrogância. O inspetor-chefe achava que Jeffreys era um "pretensioso e rancoroso representante da classe operária e sem o devido senso de respeito". Colegas menos preconceituosos consideravam que o inspetor-chefe fora, em sua época, um bom "caçador de ladrões", e que seu colega mais jovem era excepcionalmente brilhante. Dizia-se que ele faria nome na carreira por si só, se não fosse demitido primeiro. A história de como, durante a primeira semana em ação, ele multou o carro do prefeito três vezes por estar estacionado em frente à casa da amante a noite inteira com as luzes apagadas, provavelmente o seguiria por toda a carreira. O inspetor-chefe foi enviado a Florença como o homem que deveria conduzir as investigações, de modo a evitar qualquer coisa que desagradasse a família Langley-Smythe. Jeffreys fora enviado para ser tirado de um caso delicado na Inglaterra, com a desculpa de que ele falava um pouco de italiano. Durante seu último almoço rápido na cantina, o inspetor-chefe fez uma pausa enquanto comia uma enorme fatia de torta e batatas fritas para avisar:

– Alimente-se bem, Jeffreys, pois esta deve ser a última refeição decente que vamos ter nos próximos dias.

No avião Jeffreys preferiu passar o tempo lendo um guia turístico de Florença para evitar conversar.

Um vagão leito os levou de Pisa a Florença. Ao longo da estrada os pomares desguarnecidos e os campos arados do outro lado estavam cobertos por uma névoa cinzenta. Um carro de polícia os encontrou no terminal e os levou em direção ao centro labiríntico da cidade, onde os tetos molhados pareciam se encontrar ao alto e as longas ruas, com suas fileiras intermináveis de persianas fechadas, tornavam-se cada vez mais estreitas, todas elas, com sua meia-luz cinzenta, parecendo as mesmas. Tiveram uma breve visão do dique do rio e depois seguiram novamente sem cruzá-lo. Foram saudados por dois guardas armados com chapéus napoleônicos. Um portão eletrônico se abriu e eles foram transferidos a um jovem tenente, cujas reluzentes botas pretas de cavalaria e espada pendurada eles seguiram por uma longa escadaria e ao longo de uma série de corredores. A luz vinha do amplo escritório do capitão. Ele se levantou de trás da escrivaninha para recebê-los; o *carabiniere* Bacci já estava de pé. Os ingleses se apresentaram.

– Inspetor-chefe Lowestoft, *New Scotland Yard*, e este é o inspetor Jeffreys.

Discursos breves e educados foram traduzidos pelos jovens que se avaliavam simultaneamente. O inspetor Jeffreys, passando a vista pela fachada imaculada do *carabiniere* Bacci, estendeu sua capa de chuva amarrotada sobre ele e o lembrou da falta de um botão que nenhuma de suas três namoradas atuais se dispunha a pregar para ele. O *carabiniere* Bacci observou os cachos castanhos soltos e os trajes casuais do outro, sentindo-se irremediavelmente inferior diante de uma confidência tão exuberante. O inspetor-chefe estava disposto a dedicar atenção integral ao trabalho.

– No que lhes diz respeito estamos aqui de modo não-oficial, para, digamos, oferecer qualquer assistência em relação ao que estiver ao nosso alcance do lado inglês da questão. A irmã do senhor Langley-Smythe é casada com... bem, com um homem de alguma influência, que gostaria de saber exatamente qual é a situação e, assim, evitar qualquer sofrimento desnecessário à esposa, razão pela qual ele quis que alguém viesse o mais rápido possível. Naturalmente, não estamos aqui para interferir de forma alguma com sua investigação... – ele observou atentamente o rosto do *carabiniere* Bacci enquanto este traduzia a informação, como se estivesse preocupado em evitar que ele fizesse alguma mudança não-autorizada. O capitão estava um pouco desconfortável, pois sabia que seu inglês era básico demais para conversar com o inspetor-chefe. Este, por outro lado, mostrava-se um pouco irritado pelo fato de não poder comunicar-se diretamente com o capitão, e precisar de um intérprete, mas perseverou.

– Imagino que possamos ajudar fazendo entrevistas com os amigos ingleses do senhor Langley-Smythe e tudo mais, construindo assim uma imagem do tipo de pessoa que ele era, e é claro que nós já sabíamos que ele era um cavalheiro de recursos e muitíssimo bem relacionado. Os senhores provavelmente já sabem que ele trabalhava na embaixada de Roma até se aposentar, cinco anos atrás.

– Sempre consideramos uma honra – o capitão disse galantemente em resposta –, quando uma pessoa opta por continuar em nosso belo país quando já não tem mais nenhuma obrigação profissional que a detenha.

– Sim... – refletiu o inspetor-chefe, ao ouvir a tradução deste bocado de eloquência –, imagino que considerem mesmo. Algo realmente esquisito de se fazer; mas imagino que ele já tivesse se acostumado, feito amizades e tudo mais. Há alguns ingleses por aqui, não há?

– Muitos. Também é possível, remotamente, é claro, que o senhor Langley-Smythe possa ter tido alguns amigos italianos – a ironia se perdeu na tradução do *carabiniere* Bacci.

– Hummm... – o inspetor-chefe achou que seria mais educado não responder àquilo. – De qualquer modo, ele parece ter feito um inimigo.

– A não ser que o motivo seja inteiramente impessoal, como no caso de um assalto.

– Não, não. Creio que não. Assalto à mão armada implica assalto profissional e algo de valor para ser roubado. O senhor Langley-Smythe vivia confortavelmente, é claro, mas nada de espetacular, e o dinheiro que ele tinha estava investido na Inglaterra. De acordo com seu banco, ele tirava uma quantia bem modesta mensalmente, provavelmente para as contas do dia-a-dia. Ele não era de gastar muito nem era nenhum grande colecionador, de modo que não parece que... algo foi roubado?

– Não. Nada foi roubado, até onde sabemos.

– Bem, e então...? – o inspetor-chefe olhou para o *carabiniere* Bacci pedindo uma explicação e depois de novo para o capitão que estava olhando para as próprias mãos na escrivaninha.

– Nada foi roubado, inspetor-chefe, mas havia muita coisa que poderia ter sido. Meus homens descobriram um cofre aberto na parede do quarto que continha pouco menos de meio milhão de libras em várias moedas diferentes. Também parece que ele tinha outros investimentos além dos que fizera na Inglaterra. De acordo com seu advogado em Florença, ele tinha investimentos consideráveis neste país e uma conta numerada em um banco de Zurique. Talvez o seu... cavalheiro influente não estivesse disposto a ser totalmente franco com o senhor a este respeito.

O constrangimento do *carabiniere* Bacci com a tradução deste discurso foi enormemente aumentado por sua convicção de ter acabado de ver um dos olhos azuis-claros do inspetor Jeffreys piscando para ele.

– De jeito nenhum, de jeito nenhum – o inspetor-chefe estava de rosto vermelho. – Claro, não havia tempo para se discutir estas coisas. Fomos comunicados de um assassinato, e não de um roubo.

– Verdade. Todavia, permanece a possibilidade de ter havido uma tentativa de roubo que talvez tenha sido frustrada pela vítima. Temos de chegar à causa da morte...

O inspetor Jeffreys olhou pela alta janela para as luzes do edifício em frente. Dava para ouvir o tráfego passando no solo molhado e uma ocasional sirene de carro de polícia soando. Seu italiano se mostrou mais ou menos insuficiente após as preliminares de praxe e ele não teria interesse no caso se eles estivessem ali só para fazer trabalhinhos superficiais. O homem devia ser veado (o serviço diplomático estava cheio deles) e acompanhava as palavras do capitão de forma espasmódica.

– ...635. Um tiro por trás, bem de perto. A bala perfurou o ventrículo esquerdo e a morte foi praticamente instantânea. Ele já estava morto há algumas horas. Quando descobrirmos onde e quando ele comeu poderemos ser mais

específicos, mas o professor Forli me disse que a morte provavelmente ocorreu durante as primeiras horas da manhã.
– A arma?
– Meus homens ainda a estão procurando. Um grande número de impressões digitais diferentes foi encontrada na sala do apartamento, de modo que devemos presumir, considerando que ele morava sozinho e não mantinha empregados domésticos, que ele recebia muitas visitas. Estamos conferindo as digitais neste momento. Isso é tudo que posso lhes dizer até agora, além do fato de ele ter sido encontrado pelo faxineiro de manhã cedo e...
O telefone tocou.
– Aqui é Gianini, senhor, do pelotão técnico. Consegui a informação que o senhor queria sobre o busto de maiólica. O doutor Biondini reconheceu a peça imediatamente, disse que conferiu aquele selo pessoalmente apenas seis meses atrás. É a cabeça de um anjo, de autoria de Della Robbia, Luca, não Andrea. Ele disse que é uma peça particularmente boa.
– Sei. Bem, isto joga nova luz sobre nosso homem.
– Mais do que o senhor imaginaria.
– O que quer dizer?
– Eu disse que Biondini conferiu aquele selo há apenas seis meses. Ele quis confirmar em seus arquivos para ter certeza absoluta, dentro das circunstâncias, que não estivesse enganado.
– E?
– Ele não estava enganado. O Della Robbia pertence a uma americana que tem uma chácara perto de Fiesole. Ela se casou com o herdeiro de uma empobrecida família de

nobres italianos antes da guerra, e com o conhecimento do marido e o dinheiro dela, começaram a colecionar arte. O marido morreu cerca de seis anos atrás.

– E ela vendeu a peça.

– Não. Não vendeu. Biondini disse que ela não podia ter sido vendida sem ele saber. Ademais, ela passou os últimos dois meses na Califórnia visitando parentes, deixando apenas o casal de empregados na casa.

– E eles ainda estão lá?

– Não respondem, senhor. Biondini está a caminho de lá agora.

– Vou mandar alguém, mas ele terá que se entender com o grupo de Proteção ao Patrimônio; não posso lidar com isto. Diga a ele que eu gostaria de ser mantido a par. Sim. Sim. Obrigado – o capitão pôs o fone no gancho e continuou em silêncio por alguns momentos. Ele não gostou da ideia de anunciar ao inspetor-chefe que seu respeitável compatriota agora era suspeito de roubo ou, no mínimo, de receptação. Não havia possibilidade de ele ter comprado a peça de forma legítima, pois ela estava registrada e não podia ser vendida e nem sequer trocada de lugar sem a aprovação das autoridades. Ele tentou uma abordagem indireta:

– O senhor por acaso sabe se o senhor Langley-Smythe tinha porte de arma na Grã-Bretanha?

– Posso conferir para você. Por quê? Ele tinha porte na Itália?

– Não, não tinha. Mas devia ter uma arma, mesmo assim...

– E esta arma foi encontrada? Existe alguma evidência

que indique que ele tinha arma?

– Não, ainda não...

– Bem, se não se importa, tenho de dizer que me parece que o senhor está tentando tornar o senhor Langley-Smythe réu do caso, ao invés de quem quer que o tenha matado – os olhos azuis-claros de Jeffreys se iluminaram de repente, pois sabia o que isto significava e agora estava escutando e observando o rosto do capitão enquanto um constrangido *carabiniere* Bacci traduzia. O capitão não dava sinais de raiva, mas ficou ainda mais formal e excessivamente educado.

– Lamento muito mesmo que o senhor pense assim. Todavia, tenho certeza que o senhor, com toda sua experiência em uma instituição tão renomada como a *Scotland Yard*, entende que sou obrigado a considerar todas as possibilidades, inclusive aquelas que são tão indesejadas por mim quanto pelo senhor.

Persuasivo, pensou Jeffreys, impressionado.

– Sim, bem, o senhor Langley-Smythe não atirou em si mesmo.

– Certamente que não. Mas nós dois sabemos que nenhum profissional usaria uma pistola 635 para mirar no coração. Por outro lado, este é o tipo de arma frequentemente mantida para autodefesa, o que torna possível que um ladrão a possa ter descoberto no local do crime e usado, caso tenha sido perturbado.

– Bem, naturalmente que eu pensei nisso. É apenas uma questão de atitude...

Mas a situação estava neutralizada. O brilho gelado

nos olhos do inspetor-chefe, normalmente reservado para piquetes de grevistas e militantes esquerdistas, estava desaparecendo.

– Haverá alguma objeção quanto a removermos o corpo para ser enterrado na Inglaterra?

– Imagino que não. No momento ele está no Instituto Médico Legal em Careggi. O consulado britânico vai lidar com todas as formalidades e quando o professor Forli tiver completado sua autópsia o senhor poderá pedir permissão ao promotor público substituto – o negócio do busto roubado teria de esperar. Teria sido mais fácil se fossem apenas os dois, mas com o problema da língua...

– Bem, isso é tudo que posso lhes dizer a esta altura. Se não se importam – ele olhou para o relógio –, gostaria de voltar à Via Maggio agora e começar a entrevistar os moradores. Quem sabe possamos oferecer alguma ajuda quanto à sua hospedagem?

– Não é preciso, mas obrigado mesmo assim. Uma moça simpática do consulado nos instalou em uma casa presbiteral, bastante conveniente, que fica na mesma rua da cena do crime, de acordo com ela; ainda não fomos lá. Parece que todos os hotéis estão cheios. Estranho, nesta época do ano.

– Pessoas fazendo compras de Natal, inspetor. Florença é uma cidade internacionalmente conhecida como centro comercial, do mesmo modo que a sua cidade.

– É mesmo. Bem, vamos para a casa presbiteral também. Podemos conversar com o vigário. Sem dúvida o senhor Langley-Smythe frequentava a igreja.

– Claro. Vou chamar um carro para o senhor – ele pegou seu celular e ligou para pedir uma escolta. – Posso sugerir que nos encontremos aqui amanhã? No final da manhã talvez fosse melhor; até lá já devo estar com a autópsia completa e talvez com alguns dos resultados das impressões digitais... que tal às onze e meia?

– Certo. Isso nos dará tempo para colher informações com a comunidade britânica, com sua permissão, é claro.

– Sem dúvida. Ficarei agradecido. Gostariam então de aceitar meu convite para almoçar?

– Bem, esta parte fluiu bem – disse o inspetor-chefe, acomodando-se no banco de trás do carro. Jeffreys não se sentia confiante para falar.

Já estava bem escuro agora e ainda chovia suavemente em meio à névoa. Ao cruzar o rio eles vislumbraram delicados halos de luzes rosadas e amarelas ao redor das lojas diminutas na ponte Vecchio ao longe, e o brilho débil do que devia ser uma enorme árvore de natal municipal em algum ponto ao alto. Foram conduzidos por uma rota que passava por um complicado sistema de mão única no quarteirão popular, onde as ruas, repletas de gente, pareciam estreitas demais para carros. As lojas estavam no pico do movimento àquela hora da noite, e suas mercadorias transbordavam, tomando a calçada. Os enfeites escandalosos brilhavam até mesmo nas vitrines de lojas que exibiam presuntos Tuscan e grossas salsichas. Pirâmides de tangerinas eram entremeadas por folhas brilhantes. O motorista tocava a buzina o tempo todo e eles seguiram em passo de tartaruga.

– Eu não gostaria nada de ser motorista de ônibus aqui

– comentou o inspetor-chefe. Jeffreys limitou-se a soltar um grunhido, os olhos fixos em toda a comida que passava debaixo de seu olhar faminto.

A Via Maggio, apesar de agitada, era mais sossegada. As únicas indicações da estação do ano eram ocasionais flores do tipo antúrio em vasos de cobre, em frente aos veludos escuros e madeiras embutidas das vitrines de antiquários. Pararam em frente a um palácio do século XV na parte da rua que dava para o rio, onde ficava a igreja anglicana no térreo e o apartamento do vigário no primeiro andar.

O inspetor Jeffreys parou para agradecer ao motorista *carabiniere* em cuidadoso italiano. O motorista ficou contente.

– Se vocês saírem e se perderem – disse ele, evidentemente considerando a hipótese provável – procurem o rio e a ponte Santa Trinitá... lá está ela, com uma estátua em cada canto, uma para cada estação do ano, não tem como errar, e então estará em casa.

– Obrigado.

– De nada. Até mais ver – ele seguiu dirigindo pela ponte em direção às luzes embaçadas do centro da cidade.

O vigário estava à porta, esfregando as mãos.

– Entrem, entrem – disse ele, apertando a mão de um de cada vez. – Felicity está fazendo uma xícara de chá. Que acontecimento infeliz!

O capitão chegou à Via Maggio com o *carabiniere* Bacci ainda presente. Ao passarem pela guarita abandonada de número cinquenta e oito ele apontou para uma janela coberta.

– Houve época em que nós podíamos ter feito a maioria de nossas investigações bem aqui, e em uma residência elegante como esta, isso teria mais importância que nunca. Pode ter certeza que estes moradores mal falam uns com os outros e que nenhum deles sequer faz ideia do que está acontecendo no edifício, apesar do fato de um de meus homens ter ficado de guarda no térreo o dia inteiro.

Trouxeram outro guarda para substituir o primeiro.

– Vou mandar outro para cá lá pelas onze horas...

Eles caminharam para o primeiro andar onde R. Cesarini, um antiquário, era o único morador, e o *carabiniere* Bacci tocou a campainha. Eles esperaram em silêncio ao lado de um grosso fragmento de pilastra romana sobre o qual havia um enorme vaso de planta, perto do elevador. As portas de madeira canelada do apartamento tinham duas aldravas forjadas em formato de cabeças. Ouviram passos rápidos e arrastados, e os ferrolhos sendo cuidadosamente puxados. Uma jovem eritreia abriu a porta cautelosamente e espiou em volta. Usava um sobretudo de náilon azul, mas a cabeça estava coberta por um véu islâmico branco.

– *Polizia*...? – ela perguntou, espantada.

– *Carabiniere*. Gostaríamos de falar com o *signor* Cesarini.

– Na loja – apontou ela, vagamente. Detrás dela um assoalho brilhante de mármore branco se estendia ao fundo. Uma luz quente brilhava por trás de portas duplas de vitrais à esquerda, criando formas coloridas em um busto entalhado em carvalho que havia na sala.

– Ele tem duas lojas lá na Via Maggio, senhor – murmurou o *carabiniere* Bacci.

O capitão olhou para o relógio: seis... dificilmente a loja fecharia antes das oito. Podiam dar um pulo lá antes de interrogar os outros moradores.

– Gostaríamos de conversar com a senhorita, enquanto isso – disse ele à empregada.

Ela os deixou entrar com relutância, mas não tinha nada a lhes dizer. Não ouvira nenhum barulho estranho ou súbito à noite. Não vira nenhum estranho no edifício. Não conhecia o inglês. Pareceu atônita por eles esperarem que ela soubesse o que se passava no edifício, como se seu limitado italiano a impedisse de ver ou ouvir qualquer coisa além de sua porta. Ela não parava de agarrar o véu com seus dedos finos, parecendo querer se esconder por trás dele; o gesto, associado à sua pequena estatura, dava a impressão de uma velha, apesar de ela certamente ter seus vinte e poucos anos de idade. Seus grandes olhos escuros ficavam vagando, preocupados, em direção à passagem atrás de si. Provavelmente estava preparando o jantar.

– Seu patrão é casado?
– Sim. Casado.
– E a esposa? Onde está?
– Foi para a Calábria... com as crianças. Natal. Tem família...
– E o *signor* Cesarini?
– Ele vai daqui a dois dias.
– E você?
– Eu?
– Para onde vai no Natal, *signorina*?

– Aqui...

– Sozinha? – o capitão deu uma olhada involuntária para o vasto apartamento atrás dela, no qual ela sem dúvida ocupava um quarto diminuto. – Tem amigos em Florença?

– Amigos, sim. Amigas eritreias. Moças como eu.

– Entendo. Obrigado. Vamos falar com o *signor* Cesarini em sua loja.

– Algo errado?

– Não – ele percebeu de súbito que ela estava pensando em seu trabalho, seus documentos. – Nada errado no que lhe diz respeito. Um homem foi assassinado no térreo ontem à noite e precisamos saber se alguém ouviu alguma coisa ou viu algum estranho no edifício, só isso. Não precisamos mais perturbá-la.

Ela não demonstrou qualquer reação às notícias. Depois que ela fechou a porta, eles a ouviram se afastar com passos apressados em direção à cozinha.

O segundo andar estava dividido em dois apartamentos. Atrás da porta à esquerda soavam as notas de alguém tocando a Serenata de Schubert ao piano. À direita, alguém praticava uma ária de Rigoletto. O *carabiniere* Bacci olhou para o capitão.

– Schubert primeiro, acho – enquanto esperavam após tocar a campainha, ele se lembrou da informação sobre a loja de Cesarini e perguntou:

– Você é florentino?

– Sim, senhor – o *carabiniere* Bacci corou de prazer por ter sido percebido.

– Voltará para a escola depois do Natal?

— Sim, senhor — ele teria gostado de falar mais, mas a expressão séria e a formalidade do capitão eram como uma barreira ao seu redor. Era impossível sequer imaginá-lo sorrindo. — Devo tocar novamente, senhor?

Mas a porta identificada como sendo de Cipriani estava se abrindo. Outra entrada de mármore, com tapetes persas, um candelabro de vidro veneziano e uma cadeira brocada rija sobre a qual estavam jogadas duas pastas de escola. Só quando olharam para baixo viram quem abriu a porta: uma garotinha gorda de cabelos curtos, negros e brilhantes e enormes olhos redondos. Ela usava um avental de escola branco com seu laço torto de cetim azul, debaixo de uma orelha e olhava para eles com desconcertante fervor.

— Seus pais estão em casa?

Sem tirar os olhos deles por nem um segundo, ela abriu a boca até o resto do rosto quase desaparecer e, afogando o tenor da porta ao lado e o piano atrás de si, berrou:

— *Ma-ma*! — e saiu correndo.

O Schubert continuou, vacilando um pouco nas partes difíceis. O tenor da porta ao lado continuou cantando. Ninguém apareceu.

— Devo...?

— Melhor sim. Aperte a campainha duas ou três vezes.

Mesmo assim foram deixados esperando em frente à porta aberta. Repararam em um metrônomo clicando junto com o piano. Ouviram-se vozes irritadas ao longe.

— Mas, *signora*, que posso fazer? Não posso largar este molho!

Houve uma resposta abafada, e então:

– Ela já foi e disse que são homens grandes e negros! Acho que ela deixou a porta aberta!
– *Mamma*! – pezinhos correram.
– Já vou... espere...
– No fim da passagem de mármore uma silhueta branca embaçada apareceu detrás de um painel de vidro *art deco*. Uma mulher vestindo um robe branco fechado apareceu. A cabeça escura da menina reapareceu do outro lado da porta:
– Viu? – ela saiu correndo, rindo incontrolavelmente.
A mulher veio em direção a eles fazendo barulho com seus chinelos de salto alto. Sua pele ainda estava rosada e úmida do banho e ela estava enxugando os cabelos e enrolando-os em uma toalha.
– O que aconteceu? Qual é o problema? Não é nenhum acidente! Vincenzo...
– Não, *signora*, por favor, não fique nervosa. Estamos fazendo investigações de rotina.
– Ah, sim, o roubo.
– Roubo?
– O banco lá em baixo não foi roubado de novo? Minha empregada disse que havia um policial por lá quando ela foi fazer as compras. Vamos receber muitas pessoas para jantar, a família de meu marido, pois a sobrinha dele está ficando noiva e então... ah, meu Deus... é melhor entrarem. Queiram me desculpar, acabei de tomar banho... entrem...
– *Signora*!
– Estou indo! Ah, céus, se puderem esperar por um

momento, poderei explicar a ela...

– Sim, claro.

Ela saiu às pressas e eles esperaram na sala, perto da porta aberta à direita através da qual desaparecera a criança. Havia lá o que parecia ser uma sala de brinquedos, um chão manchado de mármore com um tapete vermelho franjado, um triciclo de criança, livros, uma fileira de bonecas em um sofá e uma porta aberta que dava para um quarto menor mais além. Lá via-se, parcialmente, a esforçada pianista; sua túnica branca movendo-se rigidamente no tempo do metrônomo. De vez em quando a música parava e se ouvia um murmúrio agitado. Então voltava a música.

A mulher voltou. Parecia estar imaginando qual seria a sala certa para recebê-los. Amarrou o laço do robe mais cuidadosamente. Seu olhar distraído acabou focalizando o quarto de brinquedos.

– Aqui dentro, se desejarem...

Sentaram-se em meio aos brinquedos, segurando os chapéus.

– Lamento, mas não tenho nada a dizer sobre o roubo, a não ser o que minha empregada...

– Não houve roubo, *signora*.

– Mas...

– Houve um assassinato.

A cor lhe fugiu do rosto.

– Aqui...?

– No térreo. Seu vizinho, o senhor Langley-Smythe.

– Ah... o inglês.

– Conhecia-o?

– De vista, é claro. Sabia que ele era inglês. Ele sempre dizia "bom dia, *signora*" daquele jeito engraçado e sem expressão que os ingleses... e então ele morreu...?
– Levou um tiro. Provavelmente nas primeiras horas da manhã; estamos tentando determinar a hora exata. Gostaríamos que pensasse e tentasse se lembrar se ouviu algum barulho estranho à noite, ou mesmo se por acaso acordou subitamente sem saber o que a teria acordado, pois houve apenas um tiro.
– Não, nada. Nada me acordaria, sabe, pois eu sempre tomo uma pílula para dormir, então...
– Quem sabe as crianças? Se pudesse chamá-las e perguntar se por acaso ouviram algum barulho estranho durante a noite ou se viram alguém diferente no edifício recentemente. E também a empregada, se ela dormir aqui.
– Não, ela não dorme aqui; ela vem às oito para levar as crianças à escola e costuma ir embora às seis. Porém, hoje, com este jantar...
– Sim, a *signorina* está recebendo convidados hoje. As crianças, então...
As duas menininhas foram trazidas. A gordinha havia parado de rir e estava olhando fixo novamente. A jovem pianista, uma garota esguia, solene, de cabelos escuros como os da irmã, também usava um avental escolar branco, mas o laço de cetim azul estava direitinho no lugar. Ficaram paradas lado a lado, em silêncio.
– Filhas, estes cavalheiros são *carabinieri* e precisam lhes fazer algumas perguntas. Não há nada a temer; eles só querem saber se alguma de vocês ouviu algum barulho es-

tranho à noite... qualquer coisa que as tenha acordado...

Nenhuma reação se formou nos dois rostos solenes. Finalmente, a mais velha disse:

– Não, *Mamma*, não ouvi nada.

Todos olharam para a pequenina. Suas bochechas gordas estavam ficando cada vez mais vermelhas enquanto ela prendia o riso. A mãe puxou o laço de cetim para frente do colarinho branco e o ajeitou.

– Vamos, Giovanna, é muito importante que você diga a eles se ouviu alguma coisa.

Os grandes olhos brilharam, olhando da mãe para os dois homens e, então, para a mãe de novo. Ela parecia a ponto de estourar. Então ela respirou fundo subitamente e abriu a boca.

– *Bang*!

E antes que eles pudessem interrompê-la, ela respirou fundo outra vez.

– *Bang*!

Ela sorriu para as visitas e acrescentou:

– Foi isso que eu ouvi, *Mamma*.

3

– Falando... professor... o senhor foi bastante rápido...
– Não leva muito tempo, e eu estava trabalhando nele quando recebi sua ligação, portanto...
– E o resultado?
– Negativo.
– Negativo? Certeza absoluta?
– Está duvidando de minha...
– Não! Não, nada disso. É só que agora temos uma testemunha, tudo bem que é só uma criança, mas ela jura que ouviu dois tiros... parecia ser a única possibilidade; que o inglês tivesse atirado primeiro, sendo dele próprio a arma, e conseguindo assim ferir o agressor, já que não há vestígio de nenhuma outra bala no quarto...
– Nem do sangue de outra pessoa.
– Não, eu entendi isso. Mesmo assim, é uma possibilidade.
– Lembre-se que este tiro foi dado pelas costas.

– Eu também sei disso; ele dificilmente teria dado as costas nestas circunstâncias, mas a menina insiste em dizer que ouviu dois tiros e devo confessar que acho que ela está dizendo a verdade. Não posso ignorar o que ela disse só por não se encaixar em alguma ideia pré-estabelecida...

– É verdade, mas lamento não poder ajudá-lo. O inglês não deu tiro nenhum, não há nenhum vestígio. Posso lhe dar um relatório resumido das outras coisas que descobri, se o senhor...

– Não, a não ser que haja algo contundente, não devo ficar ocupando estas pessoas e, além disso, ainda tenho de falar com os demais moradores. Se o senhor conseguir algo para mim até lá pelas onze horas de amanhã...

– Isso é fácil.

– Obrigado. Desculpe se lhe perturbei.

– Não perturbou. Provavelmente estarei aí às nove. Nossa equipe é pequena, é claro.

– É claro. Até amanhã, então...

Os convidados para o jantar dos Cipriani foram levados para a sala de visitas pelo corredor do quarto de brinquedos e estavam lá murmurando e sussurrando. A *signora* fora se trocar. Quando o capitão voltou ao quarto de brinquedos, o pai, que havia retornado fazia pouco tempo, e ainda vestia seu pesado sobretudo molhado de chuva sobre os ombros, estava de joelhos, pedindo à pequena Giovanna que, com um brilho nos olhos, recusava-se a elucidar o que dissera, a não ser que pudesse se sentar no joelho do *carabiniere* Bacci. O *carabiniere*, nervoso e profundamente constrangido, sentou-se bem quieto e imóvel, como se estivesse segurando um pacote de dinamite. A menina agora estava usando seu chapéu e por duas vezes foi impedida de tomar posse de sua pistola automática. Schubert começou a soar de novo no quarto ao lado.

– Mas Giovanna, minha princesinha, meu tesouro – pediu o *signor* Cipriani – estes cavalheiros têm certeza que...

Mas a princesinha era irredutível. *Bang*. Depois outro *bang*. Dois *bangs*.

– Um atrás do outro? – perguntou o capitão subitamente, pensando que talvez pudesse ser um eco... em um edifício daquele tamanho com aquela escadaria enorme...

Giovanna ponderou solenemente sobre estes dois pontos com o grande chapéu na cabeça antes de dizer:

– Não. Teve um bom tempo entre os dois – ela se virou para o *carabiniere* Bacci:

– Deixe-me brincar com sua arma por um minuto?

– Não – disse Bacci com rigor. – Garotinhas não gostam de armas. Não quer descer agora?

– Não. Garotinhas gostam de armas. Eu tenho duas, e uma é cor-de-rosa que solta água, mas eu a perdi e agora vou ganhar um arco e flecha da Befana[1] e uma...

– Giovanna! Se você não se comportar a Befana vai lhe trazer um pedaço de carvão de presente, nada de arco e flecha, agora você...

– Não!

– Como assim, não?

---

[1] Personagem típica do folclore italiano.

– A Befana é uma bruxa boa, vovó disse. Ela vai me trazer carvão, mas também vai me trazer um arco e flecha, e torrão de açúcar da loja!

– Giovanna, Giovanna! Isso é muito sério! Agora, por favor, escute o capitão...

A campainha tocou e a empregada passou a caminho para atender. Ouviram-na pegar o interfone e perguntar:

– Quem é? – antes de apertar o interruptor eletrônico da porta principal do edifício.

Veio um estrondo de baixo quando os visitantes fecharam a porta principal.

– Viram? – disse Giovanna, feliz de ter sua alegação provada de modo tão conveniente. – *Bang*.

O capitão e o *carabiniere* Bacci fecharam os olhos em quieta exasperação.

– Você ouviu a porta principal bater? – o capitão recomeçou pacientemente. – Imagino que tenha sido alguma visita. E depois ouviu a porta novamente quando a visita foi embora. Talvez não fosse tão tarde quanto você pensa.

– Não. Ninguém foi embora. A porta só bateu uma vez. O segundo *bang* foi barulhento.

– E não foi a porta?

– Não – após uma pausa ela acrescentou, relutantemente, sempre olhando de rabo de olho. – Foi um *bang* de tiro.

– Por que acha que foi um tiro?

A criança não respondeu, mas continuou desviando o olhar.

– Como algo que você já ouviu na televisão, é isso?

Ela tirou o chapéu e olhou para baixo em silêncio.
– Você viu alguma coisa? Algo que lhe deixou com medo?
– Quero descer – ela saiu do joelho do *carabiniere* Bacci.
– Você acha que tem certeza absoluta da hora? A hora do primeiro *bang*? – o capitão se virou para questionar o *signor* Cipriani.
– Sim, ela pode definir a hora, é uma criança muito inteligente, sabe. Ela tem um relógio na mesa de cabeceira.
– Um relógio do *Mickey Mouse*.
– E eram quinze para as três?
– Sim – ela devolveu o chapéu do *carabiniere* Bacci. – *Papa*, quero sair – o capitão liberou a menina assentindo com a cabeça para o pai, que deixou Giovanna se retirar. Observaram-na sair rapidamente do recinto. Quase imediatamente veio o ruído de palavras balbuciadas e pés se arrastando, e em seguida um berro de alegria.
– Estranho – murmurou o capitão. – Eu poderia dizer que ela estava escondendo alguma coisa, talvez por medo, mas agora ela parece bem alegre – ouviram mais passos arrastados e uma voz chamou:
– Giovanna! Quantas vezes terei de lhe dizer para não ficar escorregando pelo corredor? É perigoso... Vincenzo! – a *signora* apareceu à porta, à procura do marido. Estava elegantemente vestida, mas com um toque de desnorteado descuido na aparência que devia ter alguma coisa a ver com o jantar festivo, ou talvez fosse habitual, mas que era com certeza atraente.
– Peço que nos perdoe por ainda estarmos aqui, *signora*, mas gostaria de pedir para dar uma olhada no

quarto da menina para conferir se ela poderia ter visto alguma coisa...

– Vincenzo...?

– Por que não serve um aperitivo a todos? Eu cuido disso.

Ele os levou para o quarto de dormir compartilhado pelas duas meninas. A cama que ficava junto à parede era imaculada, com sua colcha branca como neve e bem esticada. A outra, debaixo da janela, era um caos; a colcha amarrotada arrastava no chão, com as páginas de uma revista em quadrinhos espalhadas por cima. O pai ficou constrangido:

– Essas crianças de hoje em dia, o senhor sabe...

Eles olharam pela janela. A não ser que o inglês tivesse levado o tiro no meio do quintal e então sido arrastado para dentro, a menina não teria como ver coisa alguma. A janela do quarto ficava diretamente sobre a janela do apartamento térreo. Eles deram meia volta. Havia algo de cor preta aparecendo por debaixo do travesseiro de Giovanna; um revólver de plástico.

– Não posso fazer nada com esta menina – o confuso pai deu de ombros –, ela tem paixão por essas coisas.

– Bem – enfatizou o capitão –, ela nos ajudou bastante a definir a hora da morte. Agradecemos por isso.

– Sim, ela tem sono muito leve, na verdade. Às vezes ela acorda e me chama quando eu chego em casa bem depois da meia-noite... – ele corou levemente.

O capitão, cuja tolerância normalmente chegava perto da indiferença, não soube dizer exatamente por que, mas ficou com raiva quando ele corou.

– Posso lhe perguntar sua profissão, *signor* Cipriani?

– Claro. Sou corretor de seguros; meus escritórios ficam na Piazza della Repubblica.

– E o senhor chegou em casa ontem após a meia-noite?

– Creio que era cerca de uma da manhã... – ele corou novamente, sentindo a hostilidade do capitão. – Jantei com clientes no *Doney's*.

– O senhor entende que teremos que conferir isso? E a que horas o senhor deixou o restaurante?

– Quer dizer que sou suspeito?

– Quero dizer que precisamos saber onde estava cada um dos moradores depois da meia-noite de ontem. Sua esposa estava em casa quando o senhor chegou?

– Acho que sim... Sim, ela estava lendo um livro.

A inexplicável raiva do capitão desapareceu tão rapidamente quanto surgiu.

– Sabe alguma coisa sobre seu vizinho, o senhor Langley-Smythe?

– Nada, na verdade, a não ser que ele era inglês.

– Não reparou se ele recebia muitas visitas?

– Visitas? Nunca vi nenhuma. Ele parecia ser um homem do tipo solitário... Claro que ele pode ter recebido alguém sem que eu nunca tivesse visto.

– Mas se ele recebesse um número incomum de visitantes, ou seja, de maneira frequente, o senhor provavelmente teria reparado?

– Talvez... mas em um edifício desse tamanho... e considerando que fico fora muito tempo. Não poderia dizer nada em definitivo...

– Entendo. E quanto aos outros moradores? Sabe muita coisa sobre eles?

– Não muita... ah, a não ser o fato de que os Frediani aqui de cima estão fora. A esposa dele é americana, ele é joalheiro na ponte Vecchio. Eles partiram ontem, eu os encontrei pela manhã quando estavam entrando em um táxi cheio de malas. Desejaram-me feliz Natal e, ao que parece, vão passar as festas nos Estados Unidos com a família dela.

– Sabe em que parte dos Estados Unidos?

– Lamento, mas não sei... pode perguntar à vizinha deles, a senhorita White, ela talvez saiba. É possível que ela conheça a esposa, já que ambas falam inglês.

– A *signorina* White não viaja no Natal?

– Creio que não, acho que ela ainda está aqui.

– Obrigado. Tentaremos falar com ela... e quanto ao seu vizinho deste andar?

– O juiz? – eles estavam voltando para a porta da frente.

– Ele está em casa, como podem ouvir. É aposentado e vive sozinho, a não ser pela governanta. Lamento dizer que não sei muito sobre ele, a não ser que gosta muito de Verdi.

– Bem, obrigado de qualquer maneira, o senhor ajudou bastante... – um exagero, mas o capitão estava envergonhado por sua momentânea falta de paciência, que ele considerou como uma falta de dignidade. – Sem um porteiro residente nosso trabalho fica muito difícil.

– Ah, capitão – o *signor* Cipriani abriu as mãos, sem esperança. – O senhor sabe quanto custa um porteiro hoje em dia? Uma verdadeira fortuna... e isso quando se consegue alguém para o trabalho. Apesar da atual escassez de moradia, os jovens de hoje nem pensam em aceitar esse tipo de emprego. Bem, qualquer coisa estaremos aqui, caso precise perguntar algo mais...

O juiz nada tinha a lhes dizer. Tanto ele quanto a governanta passaram a noite toda em casa e não foram perturbados por barulho nenhum. A governanta disse que ele tinha sono pesado e nunca acordava com nada. Ambos dormiam cedo. Conheciam o inglês somente de vista, apenas por acenos. Até onde sabiam, ele nunca recebia visitas.

Foram recebidos em uma sala austera e forrada por livros de cima a baixo, que dava a impressão de jamais ser usada. O juiz era um homem alto e de aspecto seco, severo, quase carrancudo. Não parecia possível que pudesse ser dele aquela voz robusta que eles ouviram do lado de fora. Contudo, quando se viram novamente na ampla escadaria de pedra, a voz voltou a gorjear *Bella figlia del amore* com mais doçura e paixão que nunca. Começaram a subir para o último andar.

A porta da senhorita White estava totalmente aberta.

– Não tenham medo! Podem entrar! – uma voz instruiu em altos brados em inglês. Não se via a dona da voz. Os dois homens se entreolharam.

– Ela está nos mandando entrar – explicou o *carabiniere* Bacci, assombrado. – Talvez já tenha ouvido falar que estamos aqui.

Tiraram os chapéus hesitantemente e adentraram o corredor de ladrilhos de terracota encerada.

– Vamos, vamos! Estarei com vocês dentro de um minuto. De graça! Ha ha!

O capitão olhou para o *carabiniere* Bacci procurando uma explicação.

– Não sei o que...

Eles foram entrando e olhando ao redor. No corredor estava pendurada uma pintura a óleo de um velho de rosto rosado e barbas e cabelos brancos como a neve. Uma placa de metal logo abaixo informava: "Walter Savage Landor, poeta. Nascido em Warwick em 1775, morto em Florença no ano de 1864". Estavam olhando para a pintura quando uma cabeça apareceu subitamente numa porta perto do quadro. Uma senhora baixinha, de aproximadamente sessenta e poucos anos de idade, bem trajada, porém, usando tênis de corrida, se aproximou, sorridente.

– *Carabinieri*! – ela deu um gritinho de euforia. – Nunca recebi nenhum de vocês antes! O juiz já veio uma vez, é claro, mas não é a mesma coisa, já que somos vizinhos, mas mesmo assim foi bom ele ter vindo. Sempre acho bom quando os italianos se interessam, mandei traduzir tudo, grupos de estudantes, e assim por diante, mas não *carabinieri*, ha ha! Os senhores são os primeiros! Prazer em conhecê-los, sou a senhorita White, curadora. Não uma curadora na verdade, quer dizer, eu moro aqui, fiz tudo sozinha. É como dizem, se quer algo bem feito... e fique longe de comitês, eu sempre digo; são um bando de velhos enjoados, mas o que há com vocês? – parou repentinamente para olhar para o rosto perplexo do *carabiniere* Bacci.

– Eu... eu...

– Ora, tenham a bondade de entrar, não faz sentido ficarem parados na entrada, não há nada para ver, só uma ou duas cadeiras, acho eu, mas também todo mundo acha que são cadeiras dele e eu tenho de ficar explicando. Havia uma ou duas coisas que foram dele, mas não se pode ter tudo, e o dinheiro é todo meu. Vim para cá passar as férias e, quinze anos depois, aqui estou eu, ha ha! *Carabinieri*! É melhor assinarem meu livro de visitas. É claro que um juiz é muito bom, mas não é a mesma coisa, já que se trata de um vizinho, se é que me entende, e ele não usa uniforme. Eu gosto mesmo de uniformes, os senhores não gostam? Bem, claro que gostam, é óbvio, senão não usariam, que estupidez a minha. E os senhores admiram Landor? – ela deu um sorriso luminoso para o capitão que abriu sua boca, depois fechou e olhou para o *carabiniere* Bacci em busca de algum tipo de tradução.

– Aposto que não sabem o que dizer, não é? Eu nunca sei. Minha professora de inglês na escola costumava dizer para eu nunca dizer "legal", então eu nunca digo! "Legal" é o que se diz de um pudim, não de poesia, é o que ela costumava dizer, e aposto que os jovens concordam! – ela deu um tapinha no ombro de Bacci. – Ele parece inteligente e, meu Deus, como é alto. Bem, os dois são. Leem muita poesia? Imagino que sim, do contrário não teriam vindo, ha ha! Bem, vou lhes mostrar. Mandei traduzir tudo, porque acho ótimo quando os italianos se interessam, eu não falo uma palavra, é claro, nem uma palavra, mas gosto de mostrar às pessoas eu mesma quando posso. Agora, por aqui, vou falar alto; por aqui estão a maioria dos originais e cópias de manuscritos nos casos em que não tive acesso ao original. Já mandei emoldurar algumas e pendurar na parede, mais barato do que comprar caixas, é claro que tenho algumas, muito bom marceneiro, o *signor* Lorenzini, homem maravilhoso, ele fez todas estas. Agora, vão reconhecer estes poemas, acho eu, se decifrarem a caligrafia...

– Pelo amor de Deus... – ameaçou o capitão no ouvido do *carabiniere* Bacci.

– Lamento, senhor, não entendo o que ela está dizendo...

– Não importa o que ela está dizendo, apenas faça-a parar e diga a ela...

– Muito bem! Não consigo lhes explicar as coisas se ficarem conversando entre si, aqui está, assinem no livro, vamos, não tenham medo, podem escrever algo em italiano. *Carabinieri*! Isso tudo é muito legal!

Quinze minutos depois os dois homens estavam no patamar da escada, as cabeças buzinando de tanta informação incompreensível. O *carabiniere* Bacci estava suando de constrangimento. O capitão estava branco de irritação.

– Achei que tinha dito que seu inglês era bom.

– Desculpe, senhor, simplesmente não consegui lidar com... – ele tentou várias vezes interromper para dizer a razão de estarem lá, mas suas frases cuidadosamente construídas não extraíram nada além de:

– Falam um pouco de inglês, não falam? Muito bem. Claro, você é apenas um menino. Acho que todo mundo devia aprender uma segunda língua o mais cedo possível, minha professora de francês na escola costuma dizer...

Ele também tentou em italiano, ambos tentaram, mas mesmo os sérios esforços do capitão produziram nada além de "Si si! Si si". Ela mandara traduzir tudo, é claro, legal quando os italianos se interessavam, mas depois de quinze anos no país ela não falava uma palavra da língua, não sabia por quê, mas assim era, pois já estava velha demais para começar, era isso, tinha de começar jovem, nem uma palavra. Bem, *"Si"*, é claro, era uma palavra, e *"No"* era outra, mas não era nada demais após quinze anos. E ela só tinha vindo passar férias... *Carabinieri*!

Eles desceram as escadas em silêncio. O vigia no térreo os saudou.

– E como vão as coisas? – o marechal Guarnaccia estava sentado na cama, a febre um pouco abrandada. A pequena luminária ainda estava acesa e ao lado dela, sobre o pequeno armário ao lado da cama, havia uma tigela com os restos de um caldo de carne leve e claro no fundo que fora trazido pela *signora* Bellini, a esposa do jardineiro, irmã do pequeno faxineiro que encontrou o corpo.

– O capitão foi à loja de Cesarini, o antiquário, para entrevistá-lo.

– E você voltou com a cara no chão, não é?

– O capitão quis que eu viesse comer alguma coisa, descansar... – mas o *carabiniere* Bacci estava mortificado, com o rosto exaurido e pálido.

– E você comeu alguma coisa?

– Comi um sanduíche de carne picante e tomei uma taça de vinho em uma churrascaria na *piazza*.

O marechal podia imaginá-lo, desacostumado como era daquela vida de proletariado, sentado delicadamente em um banco alto no balcão de uma churrascaria, observando os galetos estalando na grelha. Tentando não manchar o uniforme e, ao mesmo tempo, escapar das costumeiras piadas dos animados napolitanos sobre o avental manchado.

– Você devia ter ido para ao refeitório, e espero que não esteja pensando em dormir lá embaixo no escritório outra vez.

– Eu disse ao capitão que faria isso, para o caso de o telefone tocar à noite. O senhor não está em condições, e ele não tem ninguém disponível. O brigadeiro que ele mandou está indo embora agora.

– Não pode esperar que apareça um cadáver à porta todas as noites, droga. Não estou tão mal assim, na verdade, já me sinto até um pouco melhor depois da sopa. A febre parece vir para ficar umas poucas horas de cada vez e depois some por mais algumas horas. Contanto que eu esteja bem para tomar o trem amanhã... – ele estava olhando para uma fotografia em meio às sombras no outro lado do recinto, sobre uma penteadeira com topo de mármore; dois garotinhos gorduchos com olhos quase tão grandes quanto os dele. A paixão da vida do marechal era sua família, sua ambição de conseguir um cargo em sua cidade, Siracusa. Sua esposa não podia deixar a mãe lá sozinha nem fazê-la mudar para uma cidade estranha naquela idade... Ele suspirou e se recostou nos travesseiros.
– *Carabiniere* Bacci...

– Sim, senhor?

– Você é um jovem tolo – ele ponderou sobre este fato por um momento em silêncio. – Mas, mesmo assim... você tem tutano...

Sem saber o que dizer, Bacci ficou em silêncio. O marechal pensou, agora de olhos fechados, que Bacci devia achar que ele estava dormindo outra vez, mas esperou. Após um tempinho os grandes olhos se abriram:

– O capitão é um homem sério, um homem consciencioso; ele fará seu trabalho. E ele também é, em muitos sentidos, um homem ambicioso, mas suas ambições seguem direção distinta das suas. Elas não incluem qualquer desejo de se tornar um detetive famoso. Não precisa corar, *carabiniere* Bacci, não estou rindo de você desta vez. Estou apenas tentando lhe avisar que, se por um lado ele faz seu trabalho de modo conscienciosamente, por outro lado não vai querer perturbar ninguém desnecessariamente, nem seus superiores e nem os homens da *Scotland Yard*. Ele, principalmente, não vai querer fazer má figura junto a eles, pois isto poderia aborrecer tanto aos seus superiores quanto a ele mesmo, entende?

– Acho que entendo, senhor.

– Então tenha isso em mente. Você tem a tendência a ficar excitado demais, controle-se. Se você corresse e achasse o assassino nos próximos dez minutos, mas o fizesse de modo a causar escândalo e aborrecer aqueles ingleses, o capitão não iria lhe agradecer. Ele fará as coisas cuidadosamente, e é melhor segui-lo quietinho e não se arriscar a ter grandes ideias.

– Não, senhor.

– Estou apenas tentando protegê-lo de si mesmo e te dizendo para não meter o bedelho. O capitão vai esperar e ver para onde sopra o vento, e você vai esperar para ver para que lado ele vai soprar. Essas coisas estão além de você, *carabiniere* Bacci.

– Sim, senhor.

– Isso é porque você é florentino. Qualquer siciliano de mais de cinco anos já sabe destas coisas por experiência própria. O capitão vai fazer o melhor trabalho possível, ele é um homem honesto, um homem bom. Mas o melhor que você faz é não irritá-lo. No que diz respeito a essa história da inglesa, acho que você não precisa se preocupar muito. Ele vai esquecer, já que ninguém estava lá para ver. E se o conheço bem, ele vai tirar vantagem da situação passando o encargo de interrogá-la para as mãos da *Scotland Yard*, como gesto amigável de cooperação.

O *carabiniere* Bacci relaxou um pouco a tensão do rosto.

– Agora caia fora. Também preciso descansar um pouco agora que a febre passou, caso não vá dormir lá em cima.

– Certo, senhor. Deseja alguma coisa?

– Não, mas, *carabiniere* Bacci...

– Sim, senhor – ele estava abrindo a porta.

O marechal fechou os olhos, ou pareceu fechar.

– Se, por alguma razão, lhe aparecer uma multidão de cadáveres durante a noite, por favor, me avise, sim?

– Sim, senhor – ele fechou a porta sem fazer barulho.

O marechal soltou um longo suspiro de cansaço, olhando

fixo para a fotografia. Estarei neste trem amanhã, ele pensou, com cadáveres ou sem cadáveres. E então adormeceu.

Foi um sono febril, inquieto, irritadiço, repleto de sonhos nos quais ele estava sempre tentando voltar para casa, mas sempre tendo de dar meia-volta por causa de alguma coisa; ou não estava com o bilhete do trem, ou havia deixado a guarita destrancada e desprotegida, ou havia esquecido os presentes das crianças, as garrafas d'água, as roupas, e ao chegar à plataforma onde aguardava o trem se dava conta que estava de pijama. E a cada vez que voltava ele tinha de enfrentar um calor devastador que o deixava exausto e enjoado. Lá pelas duas da manhã ele acordou, ou meio que acordou, trêmulo e molhado de suor, e saiu da cama debilitado, para tomar banho e se vestir. Não estaria em condições de viajar... quem sabe na sexta-feira...

Naquela noite não houve cadáveres. A cidade de Florença dormia seu respeitável sono burguês detrás de suas cortinas bem fechadas, debaixo de um manto de névoa e umidade, cerrada no profundo vale do Arno, tendo os montes cobertos de ciprestes como guardas noturnos. O sino da catedral, em sua torre de mármore branco, informou as horas, enquanto os sinos menores das igrejinhas a cada quarteirão, respondiam num eco metálico. Mas nenhum toque nervoso de telefone quebrou o sono exaurido do *carabiniere* Bacci em sua cama de campanha. Suas luvas brancas jaziam imperturbáveis em seu círculo de luz rosada.

Parte 2

1

– Ora, isso é muito bom mesmo. Não esperávamos por isso, não é, Jeffreys?

– Não, senhor.

O vigário sorriu para eles.

– Felicity e eu sempre gostamos de tomar café da manhã à moda inglesa. Para mim é um mistério como os italianos conseguem passar a manhã apenas com café e bolo. É claro que eles comem muito mais do que nós à noite, pois nós ouvimos ruídos de facas e garfos bem depois das dez da noite, de modo que talvez não sintam tanta fome pela manhã... mas devo dizer que muitas destas pessoas trabalham até bem tarde... Felicity e eu normalmente comemos às sete, espero que o senhor não se importe.

– Ah, claro, não há problema – o inspetor-chefe se recostou à cadeira, sentindo-se cheio depois de comer bacon com ovos, torrada e geleia, além de três xícaras de chá servido em uma pesada chaleira de prata. O armário de mogno estava coberto por cartões de boas festas vindos da Inglaterra, daqueles com pintarroxos, cenas de patinação e cortes de linho monocromático para sugerir o Nascimento.

– Bem, acho que tenho tempo de fumar um cachimbo antes de ir ao consulado, depois passo a bola para vocês, rapazes – o vigário tinha cabelo e barba brancos e o rosto tendia mais para o cor-de-rosa. Usava um suéter de tricô sobre o hábito de padre e sugava o cachimbo de modo inquisidor, como se ele fosse lhe dizer alguma coisa. Felicity, esquecendo-se dos dois policiais, estava entretida resolvendo uma palavra cruzada de jornal. Notaram de relance seus cabelos finos e grisalhos.

– Tipo de camarada estranho... – ao riscar o fósforo e tragar um pouquinho mais forte, os pensamentos do vigário fluíram naturalmente para A. Langley-Smythe. – Ele veio à igreja uma ou duas vezes quando se mudou para cá cerca de cinco anos atrás, acho eu, mas depois deixou de vir... na verdade, ele não se misturava muito.

– Há muita vida social entre a comunidade inglesa?

– Ah, sim, acho que sim. Fazemos muitas coisas por aqui, sabe. Felicity e sua maravilhosa... – Felicity não deu sinal de vida por trás do jornal – taça de vinho depois do último culto dominical, é claro, e além disso uma vez por mês promovemos um pequeno encontro, uma refeição, e tudo mais. Todos fazem alguma coisinha, salsichas, sanduíches, bolos, esse tipo de coisa. Também tem o Natal e a Páscoa, quando fazemos uma refeição quente e todos contribuem com algo para ajudar a comissão de festas. Bastante vida social, na verdade... É claro que o problema é que são sempre as mesmas pessoas que contribuem e outras só acompanham... Creio que o senhor Langley-Smythe... bem, ele era solteirão... não podia esperar que ele fosse assar bolos... mas acho que ele não se misturava muito nas poucas ocasiões em que apareceu.

— O senhor sabe se ele tinha algum amigo?

— Não que eu saiba, e você, Felicity? Não, creio que não. Costumava vê-lo na rua de vez em quando, mas nunca com ninguém que eu me lembre. Ele costumava... bem, ele jamais pareceu...

— Jamais pareceu o quê?

— Bem... jamais pareceu ser procurado por alguém... ele era meio desorganizado, sabe... Claro, era solteirão, então imagino que...

— Nenhuma fofoca?

— Fofoca?

— Bem... — o inspetor-chefe estava constrangido. — Nada de esquisito em sua vida pessoal que pudesse torná-lo mais... reservado?

— Ele não era homossexual, se é isso que o senhor quer dizer. Ao menos, eu não diria que era, e você, Felicity? Felicity é melhor neste tipo de coisa do que eu, mas realmente creio que não. Florença é uma vila, sabe, todo mundo sabe da vida de todo mundo, e qualquer coisa desse tipo seria comentada. Há vários casos, é claro...

— Então o senhor acha que ele era apenas uma pessoa reservada, sem segredos obscuros?

— Bem, se ele tinha algum segredo obscuro, deve ter tido muito trabalho para escondê-lo, pois ser reservado não bastaria, não em Florença. O senhor pode tentar a

Biblioteca Inglesa, sabe. Os livros ingleses custam uma fortuna aqui, então se ele gostava de ler certamente frequentaria a biblioteca, até pelos jornais, também, que são terrivelmente caros, caros demais para comprar. A pobre Felicity precisa se contentar com um por semana. Ela gosta das palavras cruzadas, sabe, mas não temos como bancar, não todos os dias. Bem, escute, eu preciso dar um pulo no consulado para fazer um anúncio de casamento. Vejo-os lá pelas sete da noite, se não voltarem antes. Teremos cânticos natalinos às nove, mas acredito que os senhores estarão um pouco cansados... Boa sorte de qualquer forma... Camarada totalmente estranho, realmente...

Não havia espaço para eles caminharem lado a lado, então foram subindo a Via Maggio um atrás do outro em direção à ponte mais próxima, e de vez em quando o inspetor-chefe murmurava – Santo Deus – e se inclinava para desviar de alguma cornija barroca ou grade de ferro, e acabava levando uma buzinada do tráfego contínuo que o fazia recuar novamente.

– Árvores de Natal! – Jeffreys observou, surpreso. As árvores estavam amontoadas ao longo do aterro perto do canto da ponte que ficava sob o olhar da estátua do outono. As árvores mais altas pareciam se debruçar sobre o muro para olhar para a veloz corrente verde-amarelada abaixo. Árvores menores estavam alinhadas em pequenos tubos e um casal vestindo peles pesadas as examinava. O camelô, parado com uma xícara de café na mão no bar do outro lado da rua, os observava em meio ao tráfego, gritando volta e meia – Só um minuto! Basta escolher o que quiserem!

O dia não estava tão frio, mas estava úmido e nebuloso outra vez, e da Santa Trinitá só se via uma outra ponte antes da névoa amarelada engolir o rio e os edifícios estucados, cinzentos e ocres que flanqueavam e até se projetavam sobre ele. A maioria dos carros subindo a Lungarno ainda estava com os faróis acesos e os limpadores de parabrisa ligados.

– Aqui estamos nós – disse Jeffreys, parando ao ler "Biblioteca Inglesa" entalhado em uma placa. Um porteiro os levou ao primeiro andar. Seguiram por corredores estreitos com grossos carpetes e fotografias em branco e preto da rainha e dos ex-diretores da biblioteca penduradas nas paredes. O lugar inteiro estava escuro e havia um leve cheiro de bolor. A sala de leitura dava para o rio e suas luminárias de papel pergaminho acrescentavam sua fraca luz amarelada ao tom oliva da sombria manhã. Havia poltronas moles e estofadas demais, antigos bustos de mármore, prateleiras de livros envelhecidos e um cheiro mais intenso de bolor. Um homem bastante idoso estava sentado em uma das poltronas perto da janela, lendo a *Times* do dia anterior. Ele levantou os olhos fazendo cara feia quando a recepcionista levou os dois policiais a uma escrivaninha do outro lado do recinto.

O bibliotecário, para surpresa deles, era muito jovem. Ele estava sentado atrás de uma pilha alta de livros novos e se levantou para cumprimentá-los estendendo a mão fina e leve. Tinha belos cabelos longos e negros e usava um terno de veludo roxo faltando todos os botões.

— Inspetor-chefe Lowestoft, inspetor Jeffreys. Estamos fazendo uma investigação sobre um senhor de nome Langley-Smythe que achamos que pudesse, talvez, ser membro daqui.

O jovem gesticulou nervosamente com os dedos finos.

— Queiram... sentar-se... sim, Langley-Smythe... ele é membro, de fato, sim... ele esteve aqui no outro dia.

— Ele era membro. Ele morreu.

— Morreu...? Ah...

— Foi assassinado.

— Mas isso é ridículo. Quer dizer...

— Sim?

— Desculpe, quero dizer, é claro que se o senhor diz que ele foi assassinado, é só que não ouvi falar... Sabe, em Florença...

— Todo mundo sabe da vida de todo mundo. Ouvi falar sobre isso. Mas não é o caso deste camarada. Você sabe alguma coisa sobre ele?

— Bem, não exatamente, quer dizer, espero...

— Ele costumava roubar o maldito jornal! — o ancião que estava sentado na cadeira estofada escutava a conversa, e levantou-se dizendo:

— Já vi o nobre colega fazer isso e sair com o *Times* dentro do sobretudo!

O inspetor-chefe olhou para o resmungão de rosto vermelho e, em seguida, para o bibliotecário.

— Ele costumava vir aqui ler o jornal?

– Vinha todo dia – interrompeu o velho outra vez. – Sentava na poltrona em frente à minha. Todas as manhãs.

O inspetor-chefe virou para o outro lado.

– Sei. Então o senhor diria que eram amigos?

– Amigos?

– Se os dois se sentavam frente a frente todas as manhãs, imagino que conversassem. Ao menos falavam do tempo?

– Nunca falei com este homem em toda minha vida! – o velho estava perplexo. – Ele costumava roubar o maldito jornal. O *Times*! É preciso pôr um pouco de ordem neste lugar – ele reclamou com o jovem bibliotecário. – E fazer aquela desgraçada ficar quieta, também!

Uma mulher apareceu enquanto eles falavam e começou a discutir em estridente falsete com a recepcionista italiana. Tinha o rosto branco de tanto pó, usava arco nos cabelos e uma longa capa negra. Os cabelos eram grisalhos, mas era impossível definir sua idade.

– Mas eu preciso destes livros para o meu trabalho! – pronunciava a mulher com um sotaque diferente.

– *Signora*, seis meses! É preciso vir aqui e renovar...

– Quem é ela? – perguntou o inspetor-chefe.

– Senhorita Iris Peece.

– Ela não parece ser muito popular.

– Ah, ela é legal. A coroa é gente boa em muitos sentidos. Ela é tipo uma escritora...

– O que ela escreve, novelas, esse tipo de coisa?

– Bem, aí está a questão em relação a Iris Peece... na verdade... ninguém sabe. Seja o que for, ela está escrevendo há vinte e tantos anos, reza a lenda aqui. Ela passa o tempo dando jantares absolutamente pavorosos para qualquer pessoa que ela ache que possa ajudar na publicação do tal do livro. Claro que nunca acontece. O cara que eles conheciam em alguma editora já morreu ou se aposentou. Os demais convidados são os mesmos parasitas, cujo rendimento caiu por causa da inflação.

– Vinte e tantos anos...
– Por baixo. Ela uma vez até me convidou logo que me conheceu, mas eu não conheço nenhum editor, então não fui convidado de novo.
– Alguma possibilidade de ela ter conhecido Langley-Smythe?
– Não, acho que ele evitava a pobre coroa.
– E os outros membros? Sabe se ele tinha algum amigo? Conhecidos ao menos?
– Ninguém. Ninguém mesmo. Ele lia o jornal e pegava livros de ficção científica.
– Bem, se algo lhe ocorrer, qualquer coisa que seja, em relação ao senhor Langley-Smythe, pode me ligar. Estamos na casa do vigário logo na esquina. Dê-lhe o número do telefone, sim, Jeffreys? – o inspetor-chefe se afastou olhando ao redor e ouvindo os guinchos da senhorita Peece.
– Você não vai querer que eu interrompa meu trabalho para vir aqui dia sim, dia não.
– Uma vez por mês, *signora*, uma vez por mês...
– Pronto – Jeffreys copiou o número em um pedaço de papel. O rapaz pareceu constrangido. – Algo errado?

– Hummm... bem... na verdade, sim... são os livros que estão com ele, da biblioteca.

– O que?

– Bem, ele deve ter levado dois, sempre fazia isto. Sou responsável por eles... hummm... – os dedos rosados mexiam-se nervosamente. – A questão é que amanhã vamos fechar para o Natal...

– Sei. Bem, a polícia italiana está no comando, mas vou ver se consigo recuperá-los para você. Se eu não conseguir deixá-los aqui, deixo-os na casa do vigário.

– Isso não pareceu muito conveniente.

– Você nunca vai lá?

– De jeito nenhum! Com todos aqueles velhos ridículos com seus bolos feitos em casa... dá para achar que aquilo é um povoado inglês, não sei porque eles moram aqui.

– E você, por que mora aqui?

– Por que vivo aqui? Bem... tenho um amigo... Na verdade, estou escrevendo uma monografia sobre um pintor quase desconhecido da Toscana. Já faz um tempo que venho trabalhando nisso... Devo desenvolver o projeto em algo maior...

– Então quer dizer que, em breve, estará procurando um editor também.

– Hummm... É bem provável que eu conheça alguém por aqui.

– Você não acha isso... deprimente? – até os livros novos empilhados na mesa já estavam começando a envergar por causa da umidade. – Quer dizer, seus fregueses parecem todos um tanto... estranhos.

O jovem desviou o olhar, abrindo e fechando os dedos.

– Creio que sim... é. Mas por outro lado – acrescentou tolerantemente –, eu mesmo sou bem estranho...

– Está pronto, inspetor Jeffreys?

– Prontinho, senhor – saíram rapidamente e chegaram à calçada lá embaixo.

– Que lugar mais deprimente – observou o inspetor-chefe.

– Sim, senhor, bastante – o inspetor Jeffreys teve a impressão de sentir o cheiro do mofo em sua capa de chuva.

– Precisamos ir logo até os *carabinieri*. Melhor tomarmos um táxi. Que tal um café naquele bar em frente às árvores de natal? De lá posso ligar chamando um carro.

– Boa ideia.

Uma mulher com uma pequena criança de chapéu de lã vermelha estava olhando para as árvores maiores. Os pulos e gritos da criança, mais o calor do bar com suas decorações de Natal e aroma de café e bolo frescos, logo afastaram qualquer resquício de cheiro de mofo. Quando o táxi amarelo chegou ruidosamente à esquina eles já estavam com o senso do mundo real restaurado.

Quando o portão eletrônico se fechou às costas do inspetor-chefe e de Jeffreys, o guarda-costas do dia anterior os aguardava.

– Queiram me seguir – disse ele em italiano. Ele foi caminhando na frente, mantendo uma das mãos na espada cintilante para que ela não balançasse.

"E botas de cavalaria..." – o inspetor Jeffreys conjecturou. A mesma pergunta surgiu na mente do inspetor-chefe.

– Fala inglês? – perguntou ao jovem tenente. O jovem policial pediu desculpas. Falava italiano e francês. Quando chegaram ao escritório do capitão, o jovem os cumprimentou e se retirou.

– Bom dia – disse o capitão, levantando-se. O *carabiniere* Bacci, complacente, estava ao seu lado, pronto para traduzir. O arquivo de Langley-Smythe estava aberto sobre a escrivaninha. O capitão parecia pensativo. Quando se sentaram, ele ofereceu cigarros de uma cigarreira de madeira entalhada.

– Vou preferir ficar com meu cachimbo – disse o inspetor-chefe –, se ninguém se incomodar...

– Por favor. Fiquem à vontade – ele baixou os olhos em direção ao documento enquanto o inspetor-chefe acendia seu cachimbo. Dava para ouvir por sob as janelas altas os carros passando na rua úmida e nebulosa, buzinando impacientemente por causa do trânsito moroso. Dois carros saíram do edifício acionando as sirenes.

– Bem – começou o inspetor-chefe –, estivemos conversando com o vigário e fomos à biblioteca inglesa, mas lamento dizer que não temos muito a dizer, a não ser que o senhor Langley-Smythe lia ficção científica e não tem, até onde sabemos – eu deveria dizer não tinha – amigo nenhum. Espero que tenham tido uma manhã mais proveitosa do que a nossa.

– Algumas coisas vieram à tona – o capitão disse cuidadosamente. – Mas talvez devamos começar dando uma olhada na autópsia realizada pelo professor Forli. A arma usada, creio que já lhes disse, era uma pistola 635. A bala perfurou o ventrículo esquerdo e houve pouquíssima perda de sangue, a morte foi praticamente instantânea. O professor Forli estabelece a hora da morte aproximadamente às três da madrugada, o que é confirmado por uma testemunha, uma menina que mora no edifício, que foi perturbada por um barulho forte às quinze para as três. Ninguém mais ouviu nada. Havia bastante álcool na corrente sanguínea e o estômago continha uísque, mas o senhor Langley-Smythe aparentemente consumia muito álcool, de acordo com o estado de seu fígado; não temos razão para acreditar que ele estivesse intoxicado, ou seja, de alguma forma incapacitado devido ao álcool. Fora isso, sua saúde era muito boa para um homem de sessenta anos.

– Com licença...

– Sim?

– O senhor estabeleceu a hora da morte, mas presumo que a refeição que ele fez, a refeição noturna, já teria sido completamente digerida a esta hora. Isto significa que não sabemos o que ele comeu, nem com quem?

– Sabemos, na verdade. Meus homens interrogaram os donos dos restaurantes do quarteirão, começando pelos mais próximos da casa. Mas eles seguiram a trilha errada, infelizmente, ao tentar apenas os restaurantes que eles achavam que poderiam ser frequentados por um estrangeiro de recursos...

– E...?

– Nada. Ninguém viu o homem. Mas havia pouca comida na casa, e apenas xícaras de café na pia, parecia não haver dúvida que ele comeu fora. Começaram a tentar os lugares mais baratos. Parece que ele jantava todas as noites por volta das oito e meia em um lugar pequeno numa ruazinha perto da Via Maggio conhecido como *Casalinga*, o tipo de lugar frequentado por mulheres e artesãos locais durante o dia e por estudantes à noite. Lá se come um prato bem servido por cerca de mil liras. Langley-Smythe ficava na mesma mesa individual do canto todas as noites, sempre pedia apenas o prato principal, às vezes uma sobremesa. Bebia bastante vinho.

– Sempre sozinho?

– Sempre. Inclusive, é claro, na noite em que foi assassinado. Paolo, o filho mais velho do dono, o serviu. Ele comeu dois pratos: rosbife com salada, e um *crème caramel*. Bebeu mais de um litro de vinho tinto. Estava sozinho à mesa de sempre e leu um jornal inglês durante a refeição...

Eles se lembraram do velho irado da biblioteca:

– Ele costumava roubar o jornal e sair com ele dentro do sobretudo.

– Parece que ele não gostava de gastar dinheiro – murmurou o inspetor-chefe.

– Talvez fosse seu ponto fraco – respondeu o capitão educadamente. – Acontece muito... pessoas que vivem sozinhas... isso não vai necessariamente influir no caso, mas precisamos reconstruir o quadro de sua vida e seus hábitos. O que precisamos agora, mais que tudo, é saber com quais pessoas além de seu advogado ele mantinha contato.

– Ele não parece ter mantido contato com mais ninguém.

– Mas manteve. Várias pessoas. Aquelas cujas digitais foram encontradas no apartamento. Também existe a questão do dinheiro. Não sei se vocês se recordam, mas estava em várias moedas diferentes e não passou por nenhum banco em Florença, ao menos não em seu nome. Vamos primeiramente considerar as digitais – ele tirou um relatório do arquivo. – O problema com estas digitais é que, de acordo com os vizinhos, o senhor Langley-Smythe jamais foi visto recebendo visitas, mas mesmo assim achamos várias digitais em seus móveis e retratos, além de impressões digitais de sete pessoas diferentes no total. Agora, ele poderia ter recebido uma visita sem ninguém notar, mas não sete, acho que não. Havia outras digitais também, porém mais velhas e não-identificáveis.

– O que está dizendo é que estas digitais não são de gente que invadiu o apartamento... Já conferiu isso, aliás?

– Sim, naturalmente consultei os registros policiais. Apenas uma pessoa foi identificada. Um verdureiro local chamado Mazzocchio. Ele tem uma perua e costuma fazer uns serviços de mudança e entrega por fora. Uma passagem pela polícia por receptar umas coisinhas.

– Neste caso – disse o inspetor-chefe, relaxando um pouco – é bem possível que o senhor Langley-Smythe tivesse acabado de comprar móveis novos e este cara, o Maz... Maz... sei lá o nome dele, tivesse feito a entrega?

– É bem possível.

– E neste caso tem de haver alguns móveis apenas com as digitais dele, certo?

– É mais ou menos isso. Sua escrivaninha e duas cadeiras de couro, mais a poltrona e os outros dois quartos também, é claro; as impressões digitais diferentes foram encontradas somente na sala.

– Então o senhor Langley-Smythe se presenteou com móveis novos. Podemos estar perdendo tempo com isso – o inspetor-chefe falou como se estivesse se dirigindo a um de seus inspetores, esquecendo que não era responsável pelo caso.

– Podemos – o capitão não se alterou. – Mas eu não penso assim... mais cedo ou mais tarde ele teria de saber sobre o busto. Talvez a forma mais fácil fosse deixá-lo ver com os próprios olhos. Vamos visitar o apartamento novamente, quem sabe o senhor não gostaria de nos acompanhar? Na verdade, há uma senhora inglesa que mora no último andar, uma certa senhorita White, que não fala italiano. Tenho certeza que ela poderia responder melhor ao senhor do que a nós, se desejar...

– Ah, sim, com certeza. Nós cuidamos disso para o senhor.

– Obrigado. Já falamos com ela ontem, é claro, mas apenas brevemente... pois estávamos esperando por sua chegada... Espero que eu não tenha parecido arrogante...

– Não, de forma alguma – o inspetor-chefe estava deslumbrado. – Como eu disse, não se pode considerar que estamos aqui em missão oficial, mas qualquer ajuda que estiver ao nosso alcance...

– É muita gentileza sua.

O *carabiniere* Bacci fechou seus olhos castanhos por um segundo em grata prece depois de traduzir isso. Ao interfonar para seu brigadeiro, o capitão informou a todos que havia encomendado o jantar no Clube dos Oficiais. Depois que o brigadeiro entrou, ele se levantou e então percebeu, sem se virar, que o *carabiniere* Bacci estava em posição de sentido atrás dele, rígido de expectativa e apreensão.

– Se os cavalheiros não fizerem objeção – acrescentou ele, enquanto o brigadeiro pegava o documento e batia continência – o *carabiniere* Bacci vai nos acompanhar como intérprete.

E, mais uma vez, o *carabiniere* Bacci podia afirmar que o jovem inglês, que observava os procedimentos com um sorriso irônico e jamais dizia nada, havia piscado.

2

Foram levados à Via Maggio depois do almoço em dois carros de radiopatrulha; um com o capitão e o inspetor-chefe, agora calmo e de expressão afável no rosto, com as bochechas um pouco rosadas após servir-se fartamente de lombo de porco assado recheado com sálvia e alecrim, mais um prato de purê de batatas e outro de salada verde, acompanhados por *Gorgonzola dolce* e um *Chanti Riserva* que estava muito a seu gosto. O carro que vinha atrás levava o brigadeiro no banco do acompanhante para ajudar a mostrar ao motorista o caminho do apartamento, o inspetor Jeffreys e o *carabiniere* Bacci no banco de trás. Era a primeira vez que os dois tinham oportunidade de conversar sem os respectivos chefes e Bacci estava bastante surpreso com a súbita vivacidade daquele jovem até então silencioso. Uma chuvinha cinzenta caía rio adentro quando eles cruzaram a ponte e pararam no sinal de trânsito do outro lado.

– Como na Inglaterra, este tempo, mas não tão frio – Jeffreys puxou assunto.

– É. Estação das chuvas. Começa nos primeiros dias de novembro e vai até a chegada da tramontana.
– Da o quê...?
– Tramontana. O vento que vem das montanhas. Ele traz um tempo claro e ensolarado, mas bem mais frio, é claro.
– É, deve ser... – assim aparentemente se esgotou o assunto do tempo, mas Jeffreys persistiu:
– Você fala inglês muito bem. Aprendeu na escola?
– Sim, eu estudei na escola, mas aprendi mais com minha mãe. Ela teve uma babá inglesa e depois uma governanta inglesa, de modo que fala inglês tão bem quanto italiano.
Desta vez foi Jeffreys quem ficou surpreso.
– E você quis ser tira?
– Como é?
– Desculpe, policial. Quer dizer, sua família...
O garoto corou um pouco ao compreender.
– Meu pai era advogado e eu era para ter sido advogado também, mas ele morreu quando eu ainda estava no *Liceo*[1]. Tenho uma irmã mais nova que ainda era bebê na época. As coisas foram bem difíceis... minha mãe se acostumou a um certo estilo de vida, então...
– Eu sei. Foi duro para você. Lamento.
– Não, na verdade era o que eu queria. Eu não teria gostado de me tornar advogado – seus olhos castanhos eram muito sérios. Jeffreys imaginou se ele nunca sorria. O carro deles estava parado em uma fila a poucos centímetros de um carro branco e azul da polícia que ficou

---
1 Equivalente ao científico. (N.T.)

preso seguindo na direção contrária. Jeffreys percebeu que os dois motoristas não acenaram nem fizeram qualquer sinal um para o outro. – Colegas seus? – perguntou ao *carabiniere* Bacci. O outro olhou sem expressão pela janela, direto para o carro azul e branco. – Não – disse, virando o rosto.

– Outra divisão?

– Ah, não, eles não têm nada a ver conosco.

– Eles têm uma divisão à paisana, imagino?

– Ah, sim. Mas nós também temos.

O inspetor Jeffreys não resistiu à imagem que se formou em sua mente.

– Ha-ha! Vocês devem se manter mutuamente muito bem informados! Imagine o que acontece se ambos aparecem em um serviço à paisana e começam a trocar tiros!

O pobre *carabiniere* Bacci olhou com tristeza para os joelhos e não respondeu nada. Foi sorte o carro pegar outra pista e parar, seguindo-se então uma acalorada discussão entre o motorista deles e o de um carro que surgiu de repente de uma rua paralela.

– Já foi à Inglaterra? – Jeffreys perguntou animado quando começaram a trafegar lentamente outra vez.

– Não, nunca. Já pensei muito em ir, mas... No verão fechamos a casa em Florença e vamos para outra casa menor na praia para fugir do calor... Sabe, para minha mãe e minha irmã, é uma necessidade... Eu não poderia realmente... Em janeiro costuma ser época de esquiar um pouco nos Apeninos. Se eu pudesse bancar a viagem de todos nós à Inglaterra, mas acho que elas não iriam. O problema real é – ele suspirou – que a Toscana tem tudo: lindas cidades e museus, montanhas para os esportes de inverno, praias...

– Isso não me parece um problema – disse Jeffreys, que fora criado em uma moradia para pessoas de baixa renda em Stoke-on-Trent.

– Mas é – explicou o *carabiniere* Bacci. – Porque nunca vamos a nenhum outro lugar. Machiavelli costumava zombar de nós dizendo que nos considerávamos grandes viajantes quando chegávamos a conhecer Prato.

– Onde fica isto?

– Cerca de vinte minutos de onde estamos agora.

– A coisa é grave assim? – ele estava sendo irreverente, mas ao ver as fileiras de portas de ferro fechadas e as ruas superlotadas e apertadas ele teve uma breve, mas forte sensação de claustrofobia que podia tomar conta de qualquer um que ficasse tempo demais na cidade, ou talvez fosse na verdade agorafobia, o labirinto suga as pessoas e de repente você nem quer mais sair dele. Jeffreys tentou imaginar o voo para Londres, mas a ideia carecia de realidade. – Bem, é bem fácil chegar a Londres, se você quiser – disse ele para convencer a si mesmo – e vou lhe dar meu endereço. Será um prazer lhe mostrar a *Scotland Yard* e qualquer outro lugar que você queira conhecer.

– Mesmo? – o jovem pareceu tocado. – É muita gentileza sua.

– Será um prazer... A rua é esta, não é? Estou vendo o ponto do outro lado.

– Sim. É esta. Número cinquenta e oito.
– Deve ser seu primeiro grande caso, não é?
– Meu primeiro de qualquer tipo. Ainda estou na escola de treinamento de policiais, mas eles nos mandam aprender na prática.
– Jogaram você no fogo, hein?
– Como é? – mas não houve tempo para explicar.
Somente o churrasqueiro e o garçom na esquina ainda estavam por lá para aparecer e observar sua chegada; as outras lojas haviam baixado suas portas para a sesta e as calçadas molhadas foram se esvaziando rapidamente. Caminharam pelas passagens escuras enfeitadas com bandeiras, pararam no número cinquenta e oito e o guarda em frente ao apartamento do térreo os recebeu.
– Nenhum incidente? – perguntou o capitão.
– Não, senhor.
– Nenhum dos moradores tentou falar com você?
– Não, senhor...
– Mas?
– A garotinha, senhor – o jovem brigadeiro corou. – Deu um pouco de trabalho a caminho da escola.
– Sim, posso imaginar... – o capitão fechou a cara. – Ela não estava sozinha?
– Não, senhor. Com uma criança mais velha e uma empregada.
– Obrigado. É só isso, brigadeiro. Vá comer alguma coisa. Estamos entrando, o vice-brigadeiro vai lhe substituir.
– Obrigado, senhor.
O recinto gelado não estava nada convidativo.

— Devo acender a luz, senhor? — sugeriu o *carabiniere* Bacci.

— Sim.

A única luz vinha da luminária com sua cúpula de papel pergaminho. Os dois detetives ingleses olharam ao redor, para os móveis antigos dispostos sem o menor cuidado, as pinturas a óleo em molduras pesadamente entalhadas e pintadas de dourado nas paredes, as pontas de cigarro jogadas na lareira de pedra.

— O corpo caiu aqui, onde está marcado, atravessando a soleira da porta. Se quiser fazer o serviço completo, pode dar uma olhada no cofre — o capitão abriu caminho. Sem pensar, o *carabiniere* Bacci pisou sobre a linha de giz traçada como se a silhueta volumosa ainda estivesse caída lá.

Foi o inspetor Jeffreys quem reparou no livro de capa dura e ligeiramente torto que estava entre um copo de uísque e um cinzeiro cheio na mesinha de cabeceira.

— Posso? — perguntou ao capitão, e pegou o livro *Planeta em Chamas*. — Deve haver outro — disse ao inspetor-chefe, e ao *carabiniere* Bacci. — O bibliotecário os quer de volta, se seu chefe não se opuser; deve haver outro livro em alguma parte.

O outro livro, *Totalmente Fora do Tempo*, foi encontrado debaixo do edredom virado. Evidentemente, Langley-Smythe deitou debaixo do edredom para se aquecer, mas não debaixo dos lençóis, pois não estava de pijama. Estava esperando por algo ou alguém, mas não esperava por nenhum problema, do contrário não estaria com o cofre aberto e nem teria dado as costas ao visitante. O capitão deu permissão para que os livros fossem retirados. Jeffreys pretendia deixá-los na cabine do porteiro da biblioteca; não fazia a menor questão de fazer outra visita àquele lugar. O inspetor-chefe estava examinando o cofre aberto na parede atrás da cama, os maços de cédulas de diferentes moedas – principalmente francos suíços, dólares e liras – cuidadosamente arrumados.

– Todas usadas – ele observou. – Algum documento?

– Documentos pessoais, claro, mas nada que nos interesse. Achamos o nome de seu advogado e ele talvez tenha algo de útil a acrescentar, mas dentro das atuais circunstâncias eu realmente acho que não vamos conseguir nada.

– Bem... reconheço que não faz sentido que tenha sido uma tentativa de roubo... e considerando que ele não tinha... vida social de nenhum tipo, acho que só podemos contar com este cofre. Algum tipo de acordo que deu errado.

– Sim... Imagino se não poderíamos ganhar tempo mandando seu inspetor lá em cima com o *carabiniere* Bacci para falar com a senhorita White. Lamento dizer que é improvável que ela tenha visto ou ouvido alguma coisa... E depois, se o *carabiniere* Bacci puder descer para nos traduzir o que ela disse...

– Sim. Boa ideia... Jeffreys, importa-se...? – ele ficou grato pela educação demonstrada pelo capitão. Eles teriam que conversar, e o quanto antes melhor. As coisas estavam muito mais sérias do que o inspetor-chefe esperava e nenhum relatório educadamente maquiado poderia esconder tudo isso. Ele preferia que o inspetor Jeffreys não estivesse por perto enquanto ele decidia o que devia ser feito. Quando os homens mais jovens saíram, ele se sentou pesadamente na cadeira onde o marechal havia se sentado antes e, automaticamente, pegou o cachimbo no bolso da capa de chuva e ficou olhando pensativamente para o jardim pela porta balcão.

Depois de sua última conversa, o *carabiniere* Bacci sentiu-se capaz de reconhecer, enquanto subiam as escadas:

– Meu inglês não foi bom o bastante. Ela é bem estranha, esta senhora.

– A senhorita White? Bem, essas coroas muitas vezes são mesmo – Jeffreys era o mais velho de sete filhos, e apesar de estar sempre em maus lençóis com seus superiores, era capaz de mudar sua rota para ajudar homens mais novos sem pensar duas vezes, e limitando-se a piscar o olho quando o jovem recebia o crédito. – É preciso lembrar primeiro que muito do que vão lhe dizer deve ser fofoca, pois são capazes de dizer qualquer coisa para ganhar um pouquinho de importância ou para se vingar de um vizinho, simplesmente porque elas são solitárias. Você tem de ter paciência, dar-lhes alguma atenção, estar disposto a tomar uma xícara de chá com elas, no seu caso eu diria café, mas é a mesma coisa. Essas escadas são um pouco longas. Quanto falta para chegar?

– Desculpe? – a primeira parte da fala deixou o *carabiniere* Bacci confuso e ele acabou não pegando o final.

– Quantos andares faltam? – ele apontou para cima.

– Ah, sim. É o próximo.

– Certo. Depois, em segundo lugar, elas têm medo.

– Medo?

– Criminosos, crimes, elas moram sozinhas, têm medo de qualquer coisa que possa lhes atingir.

– Não acho... – mas no vocabulário do *carabiniere* Bacci, um requintado resquício da Florença pré-guerra, não havia um termo para descrever a senhorita White, cujos calçados já bastavam para deixá-lo confuso. – Esta porta aqui.

Estava aberta outra vez, mas eles tocaram a campainha.

– Entrem, entrem! Não paga nada! – a moradora invisível os encorajou.

O *carabiniere* Bacci observou o rosto de Jeffreys.

– Isto é algum tipo de museu? – o inspetor murmurou enquanto adentravam o corredor de terracota.

– Acho que é, sim. Ela disse...

– Ah! Aha! Perfeito! Mais visitantes para nos ajudar; sabem tirar fotos? É uma daquelas câmeras automáticas, de modo que não importa caso não saibam, pois saberão do mesmo jeito, se é que me entendem. Ah, é você de novo, que bom revê-lo, e trouxe outro amigo... à paisana, outra coisa! Detetives à paisana, que nem a *Scotland Yard*, terá de pôr isto no livro, detetive, quero dizer, não *Scotland Yard*. Nunca recebi visita de ninguém de lá, não que eles se identificassem como tal, de qualquer maneira, mas é claro que nunca se sabe, imagino que eles mantenham a discrição quanto a isso, pois não faz muito sentido aparecer à paisana e dizer a todo mundo que é policial. Agora, venham por aqui e conheçam Mr. MacLuskie, homem maravilhoso. Ele quer uma fotografia na casa perto do retrato de Landor, mas ele gostaria que eu estivesse na foto, não imagino porque. Portanto, se um de vocês não se importar em segurar a câmera, aqui está, aperte aqui, é tudo que precisa fazer, não sei falar aperte em italiano, moro aqui há quinze anos, mas não sei dizer uma só palavra – ela passou a câmera para Jeffreys. Tinha outros planos para o *carabiniere* Bacci. – Você entra na foto com seu uniforme. Não se importa de ele entrar na foto, se importa? O senhor pode me mandar uma cópia.

– Não me importo em nada, senhora. Seria um prazer – o visitante, um homem grande e míope, membro de destaque da Liga de Apreciadores de Poesia de Paris (Texas), estava contente de estar lá e disposto a fazer favores a todos. Ele havia tirado a imagem do poeta de onde estava pendurada na parede e se encontrava em frente à lareira da sala de visitas, segurando a imagem rigidamente e olhando com seriedade para a câmera, minimamente perceptível, e para o inspetor Jeffreys. O próprio Jeffreys, que inicialmente foi pego de surpresa, demonstrava agora estar sendo paciente com a senhora, para o bem de seu jovem colega. Mas ele descobriu que, se focalizasse o corpulento senhor MacLuskie e o alto *carabiniere*, só conseguiria ver o cocuruto de cabelos grisalhos da senhorita White entre seus cotovelos. A alternativa seria a senhorita White ladeada por duas amostras de tecido, uma quadriculada e a outra preta. Ele tentou se ajoelhar.

– Apenas mire e aperte! – aconselhou a senhorita White. – *Instamactic*! Uma destas palavras que são iguais em italiano, acho, espero que seja, sei lá...

– Fiquem parados – pediu Jeffreys, enquanto a cabeça grisalha entrava e saía de enquadramento.

– Certo! Parados! Pode tirar a foto! – e Jeffreys tirou.

– Maravilhoso! Que bom tê-lo na foto também – murmurou a senhorita White, dando um tapinha no braço do *carabiniere* Bacci. – Você precisa contar ao seu amigo – acrescentou em voz alta – que ele precisa aprender um pouco de inglês antes que seja tarde demais, ele parece um pouco mais velho que você. É preciso começar ainda jovem – ela advertiu o inspetor Jeffreys, levantado a voz, solícita. – Aposto que você tem trinta, trinta e três anos. Hein?

– Tenho trinta e dois, senhorita White – o desorientado inspetor estava tentando soar inglês com tanto afinco que seu sotaque ficou quase distorcido.

– Muito velho – disse a senhorita White. – Se quiser aprender uma língua estrangeira, é preciso começar cedo, quanto mais cedo, melhor. Este jovem de uniforme tem a noção certa e olhe só para mim, não sei dizer uma palavra, ele providenciou a tradução de tudo, mas não é a mesma coisa, quisera eu falar como uma nativa, mas uma coisa é certa – ela acrescentou para o inspetor Jeffreys em tom de encorajamento – a sua língua é muito bonita. Assine no livro!

"Detetive-inspetor Ian Jeffreys, *New Scotland Yard*, Londres" – escreveu Jeffreys, e o *carabiniere* Bacci os deixou.

– Não tenho chá para oferecer – anunciou a senhorita White. – Não suporto essa bebida, mas aceitam uma taça de vinho ou de *grappa*?

– Gostaria de uma taça de vinho.

Acomodaram-se na sala reservada da senhora White, que dava para um pátio e consistia em um pequeno conjugado que em outros andares provavelmente seria ocupado por uma empregada doméstica.

– Não deixo muito espaço sobrando, não é? – ela perguntou, reparando nos olhares discretos do inspetor. – Mas as pessoas vêm aqui para ver o museu, não para me ver. Bem, alguns até vêm me ver, para ser honesta, pessoas que voltam todos os anos, me mandam cartões postais. Eu realmente faço muitas amizades, o problema é que eles só vêm a Florença a passeio, sempre moram muito longe. Mas não se esquecem, como podem ver. Pessoas maravilhosas.

O recinto estava coberto de mais de cem cartões de Natal de pessoas que não se esqueciam.

– A maioria dos Estados Unidos, Inglaterra e Austrália, mas, aqui está, um do Japão, veja só, o boneco de neve com olhinhos puxados, a senhora que traduziu um dos poemas para o japonês me enviou uma cópia também, mas não sei quando está de ponta-cabeça ou na posição correta. Aqui está seu vinho. Em um copo, pois não confio nestas míseras taças de vinho. Bem, é a cara dele ser assassinado, não me surpreende, de modo nenhum, é a cara dele.

– Não se surpreende? Por que não?

– Bem, ele era um homem apavorante. Eu não deveria falar mal dele, claro, mas é isso.

– Apavorante em que sentido? Escutava rádio alto demais ou algo assim?

A senhorita White lançou um olhar fulminante.

– Se esta é outra piada se fingindo de italiano, devo lhe dizer que não entendi.

– Não é piada nenhuma. Ele não estava...

– Provavelmente velho demais. De repente deixava de gostar de algumas coisas e passava a gostar de outras. Um monte de jovens não vê graça em Shakespeare hoje em dia. Bem... só posso dizer que não me surpreende. Eu o convidei a subir, sabe, convido todos os vizinhos, os italianos também, e eles vêm. O juiz veio, homem maravilhoso, muito culto, e a jovem simpática da porta ao lado, eles estão viajando, ela é americana, ela veio, e uma vez me convidou para um coquetel, jovem muito simpática, com maquiagem demais no rosto, eu diria, mas deve ser moda na terra dela, e também tem o *signor* Cesarini, bem, ele veio algumas vezes, naturalmente; e os Cipriani, eles vivem ocupados, dois filhos, muitas visitas e por aí vai, mas são pessoas muito agradáveis, muito educadas, demonstraram interesse e sem dúvida darão um pulo aqui um dia desses. A garotinha veio uma vez me dizer que ia faltar luz, elas estudam inglês na escola, sabe, enquanto os reparos eram feitos, muito atencioso da parte deles, eu achei, bastante.

– Mas e o senhor Langley-Smythe? – perguntou o inspetor, persistentemente, procurando lembrar de mais tarde voltar a alguns pontos citados por ela. – E ele?

– Sequer abria a porta, só o suficiente para enfiar a cabeça para fora e olhar feio para mim. Tão educado nas escadas, elegante que só, bancando o cavalheiro inglês agradável, mas quando eu batia em sua porta, quem visse acharia que eu estava tentando assaltá-lo! Não tem o menor interesse pelos poetas ingleses, nem um tiquinho, chegou inclusive a dizer isso, praticamente batendo a porta na minha cara. Um perfeito filisteu de modos terríveis.

– Sei. Mas a senhorita disse que não ficou surpresa ao saber que fora assassinado; o que quero dizer é que sua falta de interesse em seu museu, sua falta de modos, isso não o tornava uma provável vítima de assassinato...

– Mas ele foi assassinado – disse a senhorita White, de modo irrefutável. – Então tenho razão. Não se pode tratar as pessoas daquela maneira. Seja como for... não sei se gosta de fofocas. Eu não devia falar mal de um morto, de modo que não devia lhe contar, mas agora que falei tenho de contar, não tenho? Bem, não direi muita coisa, mas vou dizer que seria bom se ele trocasse de roupa com a mesma frequência que trocava de móveis. Pronto, falei.

Jeffreys tomou um gole de vinho enquanto fazia malabarismos mentais para encaixar aquela declaração em algum contexto que fizesse sentido. Então ele se lembrou das impressões digitais.

– Quer dizer que ele trocava muito de móveis?

– Uma vez por mês em média, creio eu. Mas aquele terno que ele vestia desde que chegou aqui, cinco anos atrás, tenho certeza, todo manchado na frente, era o tipo de coisa que difama os ingleses no exterior.

– Deixando de lado as roupas dele por um minuto – insistiu Jeffreys –, é esquisito que ninguém tenha reparado em seus móveis novos. Até onde sei nenhum dos outros moradores comentou que ele estivesse sempre recebendo móveis novos.

– Bem, não podiam reparar mesmo, pois ele sempre recebia os móveis às três da madrugada. Muitas pessoas fazem isso, claro, têm de fazer por causa das ruas estreitas, é contra a lei bloquear o trânsito durante o dia, não se pode fazer nada, a entrega de óleo para calefação, por exemplo, tem de ser feita à noite, a limpeza da rua tem de ser feita à noite, e faz barulho, mas as coisas são assim. O que eu digo é que deve ter algo de errado com um homem que troca de móveis todos os meses. Tome mais um pouquinho de vinho, tem bastante.

– Obrigado. Agora, espere um instante – Jeffreys começou cautelosamente. – Como sabe disso tudo?

– Eu vi.

– Às três da madrugada?

– Isso mesmo. Eu disse que não adianta eu lhe contar as coisas se não der ouvidos – tocaram a campainha. – Sirva-se de mais vinho; vou receber os visitantes e já volto.

Ele a ouviu dando entusiasmadas instruções pelo interfone, ouviu o ruído da porta principal sendo fechada, depois uma rápida aclamação de frases excitadas ecoando pelos amplos recintos, os passos ligeiros de sapatos esportivos voltando em direção ao quarto de empregada.

– Bem, onde estávamos? Desculpe sair às pressas no meio de uma frase, mas estamos no horário de funcionamento, de quatro às sete, eu digo horário de funcionamento, mas deixo qualquer um entrar a qualquer momento, é um prazer vê-los, só que eu digo que este é o horário de funcionamento, soa mais apropriado, mais eficiente, não acha? Irremediavelmente desorganizado, verdade seja dita, mas as pessoas são bem vindas a qualquer hora, eu digo, agora você precisa me dizer o que me perguntou, eu me esqueci. É o vinho, ou então estou meio gagá.

– Ah, meu Deus...

– Tudo bem! Eu gosto! Vou tomar mais um gole. Vamos lá.

– A senhorita estava me contando de como soube...

– Ah! Isso mesmo. Olhe pela janela. Vamos! Venha dar uma olhada, e o que vê? A luz está indo embora, mas ainda dá para ver mesmo assim. Pronto!

A luz de inverno ao entardecer já estava desaparecendo e as persianas estavam fechadas na maioria das janelas do edifício, a não ser em uma, onde a luz ainda aparecia por trás de uma cortina de musselina.

– O quarto das "garotinhas". Viu a mais novinha pulando para lá e para cá? Menina levada. Olhe mais abaixo – olharam para o topo de uma palmeira, para os vasos de plantas em grandes potes de terracota e, diretamente abaixo do quarto da criança, na névoa do térreo, um retângulo de fraca luz amarelada sobre os ladrilhos de pedra. Dentro do apartamento de Langley-Smythe dava para ver o capitão e o inspetor-chefe conversando seriamente. O inspetor-chefe estava com a cabeça abaixada e esfregando o rosto com as mãos. Não dava para ouvir nada, mas naquele momento o capitão foi para frente do inspetor-chefe e ficou olhando para o pátio.

– Repare, ele não olha para cima. Você pode ver seu amigo agora, por trás. Que rapaz bem apanhado, o uniforme lhe cai bem. Ninguém pensa em olhar para cima; as pessoas vão às suas janelas e olham para o outro lado, ou olham para baixo, uma coisa engraçada, costumava reparar nisso. Mas agora, o ruído, este vem para cima, e quanto mais alto se está sobre o pátio, maior o barulho. Acontece o mesmo com as ruas estreitas. Fiquei em uma *pensione* uma vez, quando vim aqui pela primeira vez, vim só passar as férias e aqui estou eu, um barulho apavorante, ricocheteia de parede em parede e depois vai ficando mais alto à medida que vai subindo, por isso que ninguém que tenha algum dinheiro mora no primeiro andar.

– Nem no térreo?

– Não, não, não, ninguém mora no térreo, é para lojas, garagens, armazéns, não para morar. De qualquer forma, tenho sono leve, de modo que eles sempre me acordam. Levantei uma ou duas vezes quando os ouvi batendo coisas e tagarelando e os vi em ação com tanta clareza quanto vejo estes três lá embaixo agora – tanto o inspetor-chefe quanto o capitão estavam na janela agora, e o inglês estava acendendo seu cachimbo.

– E o que viu exatamente?

– Mudança de móveis. Quadros e estátuas também, e não vai acreditar se eu disser que eu podia jurar que um dos homens era meu verdureiro. Aposto que vai achar que estou caduca.

– Acho que a senhora nada tem de caduca, senhorita White – disse Jeffreys, que até então estava achando isso mesmo, mas agora estava rapidamente refazendo sua opinião.

– A maioria das pessoas acha que mulheres de idade são caducas, os ingleses, de qualquer modo, tenho setenta e dois anos, por isso uso estes sapatos, eles me dão energia, mas tenho certeza que aquele homem era meu verdureiro, seria bom perguntar a ele. Eu não poderia perguntar, claro, não falo uma palavra, mas os lojistas daqui sabem o que quero melhor do que eu mesma. Com licença – ela saiu de repente, seu ouvido habituado a escutar o som de visitantes indo embora. Jeffreys ficou parado à janela, olhando para baixo, pensativo. Estava intrigado com a história toda, e bem empolgado com a senhorita White.

– Aqui estamos! De volta. Tenho de ficar indo e voltando, não posso evitar durante o horário de funcionamento. Agora, onde estávamos desta vez, creio que saiba?

– A senhorita estava me contando sobre seu verdureiro.

– Correto, e outro homem, carregando coisas para dentro e para fora, não conheço o outro.

– Alguém mais? Alguém que parecesse estar organizando as coisas com Langley-Smythe? Ou só estavam os carregadores?

– Bem... – pela primeira vez a senhorita White hesitou.

– Sim?

– Bem, não sei o que dizer. Há alguém mais. Havia, creio que deva dizer, mas não o vi direito, só uma vez, de costas... – ela olhou para o retângulo de luz e franziu a testa.

– Mas acha que o reconheceu?

– Acho que sim, mas tenho de ser franca; não o vi, a não ser uma vez, de costas, e posso estar enganada, de modo que não posso dizer. Seria uma calúnia terrível se eu estivesse enganada, e foi apenas de relance. Não, não posso dizer de verdade que o reconheci, portanto é melhor ficar quieta, seria uma calúnia terrível e não tenho certeza, foi apenas um pensamento momentâneo.

Ela estava irredutível. Passaram a falar da noite do crime.

– Sim, na hora de sempre. Acordei com o barulho. Bem, suponho que tenha sido o tiro que me acordou dessa vez, mas não me levantei. Quero dizer, depois de mais de quatro anos acabei me acostumando, jamais pensei.

– Quatro anos? E nunca pensou em contar à polícia?

– Não podia fazer isso. Imagine eu, tentando explicar que vi meu verdureiro entrando e saindo no meio da noite, carregando móveis, e tudo em italiano, eu não saberia nem por onde começar. Pensava que eles iam acabar me prendendo, no mínimo. Coroa caduca, diriam, e não diga que não diria a mesma coisa, não precisa corar, eu notei que olhou de modo estranho para meus sapatos, mas quando se chega à minha idade, ou ficamos confortáveis para ter energia ou então mantemos a pose e ficamos sentada em uma poltrona o dia inteiro, e eu sei o que combina comigo. De qualquer forma, deve ter havido uma razão perfeitamente razoável por trás de tudo. Fiquei de olho aberto, contudo, só por precaução. Sempre se deve ficar de olho aberto. Aqui é o passatempo nacional, ver o que acontece ao redor. Não preciso de televisão, passo boas horas no barzinho da esquina tomando café, observando o mundo passar, e tenho um terraço de frente para a *piazza*. Não preciso mesmo de televisão.

– Obviamente que não. Agora, e quanto ao tiro? A senhorita disse ter ouvido?

– Não posso dizer nem que sim, nem que não. Disse que acho que foi o que me acordou, mas quando já estava acordada, é claro, seja lá o que tivesse ocorrido, o barulho parou. Pensei: lá vai meu verdureiro suspeito e o assistente dele lá embaixo, e voltei a dormir. Uma pena, não é? Quer dizer, bem na única noite que eu devia ter levantado e dado uma boa espiada, mas foi assim.

Ao levá-lo à porta, ela disse:

– Imagino por que aqueles dois *carabinieri* não mencionaram tudo isso quando vieram aqui ontem. Não se guarda um segredo destes em Florença. Poderia ter lhes contado tudo isto ontem caso eles tivessem dito... não em italiano, claro, mas mesmo assim...

"O chefe vai ter uma surpresinha" – Jeffreys pensou ao descer as escadas correndo – "e não vai gostar nem um pouco".

O guarda o cumprimentou e abriu a porta para ele, mas Jeffreys parou na soleira, observando. Ninguém estava falando no momento que ele entrou, mas havia uma tensão quase palpável no ar, uma tensão que Jeffreys reconheceu. Os três homens haviam mudado de posição, de modo que o inspetor-chefe estava de costas para a porta. Estava recostado à poltrona e cercado de fumaça azul, como um espírito. De repente ele se levantou rapidamente, o rosto excitado e ligeiramente corado:

– Jeffreys! Entre, entre e nos conte tudo! Sabia – ele disse, virando-se novamente para os italianos – que há anos não ouço falar de um caso mais interessante?

3

– "Comércio não-autorizado de objetos preciosos" – recitou o aluno-modelo. – "Comércio clandestino de antiguidades". Artigos 705 e 706 do código penal.

– Agora, por quê? – perguntou o inspetor-chefe. – Ele não podia simplesmente se estabelecer como *marchand* autorizado de antiguidades, se era isso que ele queria? Será que era só por causa dos impostos?

– Mais do que os impostos de praxe – explicou o capitão. – Ele podia, na verdade, se estabelecer como *marchand*, mas teria de enfrentar um monte de burocracia. Não seria reconhecido como pessoa competente para tocar um negócio destes por uma razão: qualquer pessoa que queira abrir até uma quitanda aqui precisa provar sua competência antes de conseguir uma licença das autoridades locais. Pois qualquer um que não tenha experiência prévia no ramo precisa fazer um curso de caixa, leis fiscais, higiene, comércio leal, etc., com prova no final. Quem não passa pode nomear uma pessoa qualificada como diretora do negócio. Contudo, aqui temos um caso bem mais complicado. *Carabiniere* Bacci...?

O *carabiniere* Bacci traduziu e continuou explicando as complicadas leis que regulam a exportação de antiguidades:

– Muitas das maiores coleções de arte do mundo são construídas com artigos roubados ou exportados secretamente da Itália. Estes colecionadores são pessoas poderosas e, apesar de haver provas de que as obras foram roubadas, eles se recusam a devolver, a não ser que paguemos o preço de mercado, o que não podemos bancar, apesar de que às vezes algum homem de negócios abastado do norte do país paga pelo retorno de uma escultura ou pintura à igreja ou museu de onde foi roubada.

– Um belo gesto – comentou o inspetor-chefe.

– Não. Ele faz uma *bella figura*... entende isso? É bom para ele e para seu negócio, politicamente correto... – disse ele sem rancor. – Portanto, devido a esta pilhagem contínua de nosso patrimônio nacional, foi estabelecida uma lei em 1939 para cobrir todos os aspectos deste problema. Agora é proibido exportar antiguidades ou trabalhos artísticos sem que cada peça tenha permissão do Ministro das Belas Artes. Se a permissão é concedida, é preciso pagar uma taxa de exportação, cujo percentual aumenta de acordo com o valor do objeto; pode chegar a trinta por cento. No caso de trabalhos de arte ou artesanato que sejam importantes ou bons a ponto de serem considerados parte do patrimônio nacional, de propriedade pública ou particular, a permissão pode ser recusada. Esses trabalhos devem, por lei, ser registrados no Ministério e não podem ser vendidos, transferidos, modificados ou restaurados sem permissão. Trabalhos registrados como este – ele indicou o anjo de maiólica – têm um selo ministerial, como podem ver, e são fiscalizados regularmente por uma pessoa competente da galeria estatal local.

– E agora o que acontece com este? – perguntou Jeffreys.
– Não pode devolver ao dono?

O *carabiniere* Bacci olhou para o capitão, que balançou a cabeça e explicou:

– Não podemos tirar daqui sem a permissão do ministro, que chegará em breve. Até porque não podemos devolver ao dono em sua *villa*, pois a *signora* ainda está fora e os empregados, que evidentemente tiveram parte no roubo, sumiram; provavelmente entraram em pânico quando souberam do assassinato. Como a *villa* está vazia e desguardada, não é o local ideal para retornar uma peça tão valiosa. Assim que chegar a permissão, a peça será levada para a galeria Palatine em Pitti.

Os dois ingleses pensaram a mesma coisa: permissão do governo estadual para a polícia levar uma peça de terracota para menos de cem metros de lá!

– Quando estiver lá – continuou o capitão –, não teremos que nos preocupar diretamente com isso. Há um núcleo de *carabinieri* em Roma que lida somente com esse tipo de caso; eles estão no comando e nos manterão informados, o que significa que eles vão prestar atenção em todos os outros roubos em *villas* nesta área e ficar de olho nas peças que chegam pela alfândega...

– Que chegam...? – o inspetor-chefe repetiu ao escutar a tradução. – Desculpe, não entendi...

– Posso explicar... devo, senhor? – o *carabiniere* Bacci olhou para o capitão, que fez que sim com a cabeça. – É um truque bem comum. Eu lhe disse que aqueles colecionadores conhecidos se sentiam à vontade para desafiar as leis italianas, especialmente porque seus países não têm leis que proíbam a exportação de antiguidades, mas hoje em dia a maioria das pessoas prefere não arriscar sua respeitabilidade ao comprar trabalhos exportados ilegalmente. As únicas coisas que podem deixar o país legalmente são aquelas que entram no país com uma licença temporária de importação, ou seja, quadros emprestados para exibição, por exemplo. Estes, apesar da origem italiana, obviamente recebem permissão para deixar o país. Este recurso pode ser usado por um *marchand* que deseja exportar ilegalmente. Ele leva as peças para fora do país, as traz de volta com uma permissão temporária e o comprador pode levá-las para fora. Se o *marchand* for registrado, naturalmente poderemos rastrear. É impossível manter vigilância constante, mas cedo ou tarde ele será apanhado e arcará com multas enormes e prisão.

– E eis onde entra nosso amigo, o *marchand* clandestino, não é? Langley-Smythe, neste caso – o inspetor-chefe estava procurando os fósforos nos bolsos, pois o cachimbo se apagara enquanto ele ficou sentado e parado, ouvindo tudo isso. Ele não tirou os olhos do *carabiniere* Bacci.

– Sim, naturalmente que o *marchand* clandestino não passa por nenhuma inspeção. Ele só precisa de espaço e de contatos, basicamente um contato na alfândega que deixe as peças saírem e que lhes forneça uma licença de importância perfeitamente correta para que elas entrem novamente. Mas isso é tudo que ele pode fazer. O comprador precisa ter uma fatura com o nome de um *marchand* registrado, tem de pagar a taxa de praxe e etc.

– É bastante complicado – Jeffreys murmurou, coçando a cabeça.

– Tudo que se faz neste país é complicado – observou o capitão ao ouvir isto –, seja legal ou ilegal, e havia muito dinheiro envolvido, como já viram.

– Então – o inspetor-chefe se recostou e voltou a soltar sua nuvem de fumaça – este apartamento é um pequeno centro comercial. Muito bem. Daí as várias impressões digitais em tudo, menos em sua escrivaninha e sua cadeira, aparentemente. O que nos leva ao senhor X, o *marchand* legalizado, para não mencionar o senhor Y, o aduaneiro corrupto, sem contar o casal ausente.

– Não precisamos nos preocupar com o aduaneiro nem com o casal ausente – observou o capitão. – Como eu disse, eles serão rastreados mais facilmente por nosso pessoal em Roma. Eles costumam saber sobre estas pessoas, mas carecem de qualquer evidência concreta. O que eu quero é o *marchand*.

– O homem que a senhorita White viu, mas não quer identificar – Jeffreys acrescentou. – Você pode tentar arrancar a informação do verdureiro, é claro.

– Posso – concordou o capitão – mas ele é nosso único elo, e como ninguém sabe que estamos na pista dele, estamos um passo à frente. Já mandei uns homens para conferir aleatoriamente os livros de todos os *marchands*, para ver se alguém andou exportando peças em quantidades extraordinariamente grandes. Isso vai causar comoção e talvez nos levar a alguma informação, mas sem sugerir que suspeitamos de ninguém em especial.

– E suspeitam? – perguntou Jeffreys.

– Eu suspeito, sim, mas, assim como a senhorita White, sou cauteloso. Se eu me voltar para o suspeito sem ter provas, jamais conseguirei uma ordem de prisão.

– Bem, de acordo com o que acabou de nos dizer sobre o pequeno arranjo do *marchand* – o inspetor-chefe meneou o cachimbo pelo recinto –, você não poderá acusá-lo de nada, a não ser que saiba quem ele é.

– Eu vou acusá-lo de assassinato, se ele for responsável por isso – disse o capitão, fazendo cara feia.

Eles quase se esqueceram de um fato inexplicável. O arranjo parecia perfeito, funcionou tranquilamente durante anos a fio, mas o inglês estava morto. Fizeram silêncio por um instante.

– A mim parece – começou o inspetor-chefe, depois de punçar cuidadosamente seu cachimbo com um fósforo usado – que no seu lugar, eu tenderia a pegar o senhor X em uma acusação menor, o que não seria difícil, e mantê-lo atrás das grades por enquanto. Outra pessoa pode resolver falar, se ele não o fizer. Ou vice-versa, você prende seu verdureiro e faz um pouco de pressão nele, sugere que ele pode acabar levando a culpa por tudo sozinho...

Mas o *carabiniere* Bacci traduziu rapidamente a primeira parte do que o inspetor-chefe dissera e ambos italianos fizeram que não com a cabeça antes que ele acabasse de falar.

– Não posso fazer isso – explicou o capitão – porque se eu prender alguém ligado ao caso, terei apenas quarenta dias para reunir as provas, após o que o juiz tem de assumir o caso. Eu precisaria ter um motivo muito forte mesmo antes de expedir a ordem de prisão.

– Mas isso é praticamente o mesmo que impedi-lo de fazer seu trabalho!

– Isso me impede de perseguir inocentes tomando por base provas forjadas, e impede que se estabeleça um estado de exceção, para ser bem direto.

– Pois parece o mesmo que impedi-lo de agarrar um vilão.

– Pode ser. Mas lembre-se que as ponderações do tribunal, ao contrário do que acontece em seu país, são basicamente uma formalidade. Se eu conseguir agarrar este homem, ele não me escapa – algo no olhar solene do capitão abalou até mesmo o inspetor-chefe. Para o inspetor, um vilão era um vilão; do mesmo modo que o indivíduo como policial pode se arriscar, o criminoso também pode, sabendo que terá grandes chances nos tribunais. O capitão era escrupuloso; não se arriscava, mas não estava disposto a ser clemente. O inspetor pensou que não gostaria de estar na pele do senhor X. Bem, isso não era problema dele; seu problema acabara. O problema do inspetor-chefe é que ele gostava de tudo preto no branco, gostava de fazer tudo dentro dos conformes, mas hoje em dia havia muitas áreas sombrias ao redor dele. Ele sabia de sua posição pessoal, não ia ficar parado vendo seu país ser insultado, dividido e desorganizado por greves ilegais, estudantes desleixados e imigrantes violentos. Sua necessidade instintiva de ordem e tranquilidade era um sentimento profundo. Mas este era um assunto complicado no qual nunca se podia ter certeza, não havia regras, nem vilões, nem "policiais honestos". Fora o mesmo com Langley-Smythe; o inspetor-chefe sabia que o inglês estava sendo usado, mas esse era seu trabalho, embora estivesse disposto a proteger os interesses de um conterrâneo contra estrangeiros que tentassem usá-lo como bode expiatório em situações ilegais. Mas nesse caso, tudo era vago; era confuso. Aquele cofre cheio de dinheiro, moedas estrangeiras, e aquele busto roubado com um inconfundível selo governamental no pescoço serviam como dados irrefutáveis para ele. O homem era um vilão. As regras estavam em vigor; podiam ser regras italianas ao invés de inglesas, mas ao menos eram regras. Em troca de sua súbita e devastadora cooperação, o impressionado capitão concordou em manter a imprensa estrangeira afastada até que morresse o interesse dos ingleses no caso. Langley-Smythe fora mais que justamente punido por seus pecados, e não havia razão para ficar perseguindo os mortos. Sua propriedade seria provavelmente confiscada e o assunto, encerrado. Quanto ao que a família sabia...

Jeffreys, que até então só vira o inspetor-chefe atuando em zonas sombrias, estava ainda mais impressionado que o capitão. De vez em quando olhava de maneira velada para o rosto placidamente animado do inspetor-chefe.

– É curioso – disse ele ao *carabiniere* Bacci – que ninguém, exceto a senhorita White, tenha visto o senhor X. Após quatro anos em que tudo dava certo, era de se esperar que eles ficassem mais desleixados em seus encontros... podiam até ter trocado telefonemas, suponho, fora as visitas noturnas...

Havia uma inquietude na mente de Jeffreys; ele queria ter feito uma pergunta à senhorita White, mas não o fez após ter ouvido a parte mais importante de sua história, havia esquecido totalmente do que se tratava. Foi obrigado a desistir. Se fosse realmente algo importante ele poderia voltar e perguntar. Na verdade era importante, mas a noite se revelou muito longa, e ele acabou não arrumando tempo.

Os quatro homens ficaram sentados por algum tempo com seus blocos de anotações nas mãos, naquele quarto mal iluminado, enquanto a noite caía no pátio lá fora e a fumaça do cachimbo do inspetor-chefe subia em lento redemoinho e desaparecia na escuridão do pé-direito alto. Ao menos algumas coisas estavam estabelecidas: Langley-Smythe estava esperando visita, ainda estava vestido por debaixo do roupão, passando a noite no quarto com um livro de ficção científica e uma garrafa de vinho, cobrindo-se com o edredom para se aquecer. O guarda noturno fizera uma ronda lá pelas três horas, o que sem dúvida era a razão pela qual Langley-Smythe permaneceu na cama ao invés de ficar perto da lareira, a única fonte de calor no apartamento; uma luz na sala de estar seria visível sob a porta quando o guarda deixasse seu tíquete. Depois que o guarda fosse embora, e sua partida fosse ouvida pelo ruído da porta sendo fechada, o que seria fácil para qualquer um no edifício, Langley-Smythe estaria livre para abrir a porta e permitir a entrada dos carregadores.

– Mas ele teria de sair para abrir a porta que dá para a rua, senhor – disse o *carabiniere* Bacci, hesitante. – Não há interruptor eletrônico em seu quarto.

O capitão franziu o cenho.

– O homem que suspeito ser o senhor X – disse ele lentamente – podia ter feito isso do andar superior.

– Alguém do edifício – ponderou o inspetor-chefe.

– Sim... mas isso torna tudo mais estranho, já que o senhor Langley-Smythe nunca foi visto conversando ou visitando outra pessoa no prédio.

– Mas nem tão estranho assim – disse Jeffreys – pois a senhorita White pensou mesmo tê-lo reconhecido, mas não quis dizer seu nome... – mas, de fato, ela havia dito algo... Jeffreys podia jurar que tinha a ver com um dos moradores. O capitão prosseguiu:

– Vamos supor que os carregadores tenham ligado e alguém do andar de cima os tenha deixado entrar, alguém que desceu e os encontrou à porta de Langley-Smythe. Uma vez lá dentro, alguém atirou nele.

– Mas não imediatamente – ponderou o inspetor-chefe. – Eles não entraram e simplesmente atiraram nele, ele levou o tiro pelas costas quando voltava para o quarto, portanto precisamos saber o que deu errado e para que ele estava entrando no quarto.

– Estava indo até o cofre – sugeriu Jeffreys.

– Mas para quê? Não para tirar dinheiro, com certeza. De acordo com o que o capitão nos disse, eram eles que iam lhe pagar algo e não o contrário; o *marchand* fez as vendas. Qualquer dinheiro trocando de mãos iria parar no cofre, não sair de lá, e ele estava de mãos vazias.

– E se eles o pagaram – disse Jeffreys – e tomaram o dinheiro depois de atirar?

O *carabiniere* Bacci disse isso ao capitão, mas ele apenas balançou a cabeça, sem resposta.

– Por que – murmurou consigo mesmo – eles brigariam? E por que deixariam tudo isso aqui se tinham um caminhão do lado de fora pronto para carregar?

– Bem, se uma briga irrompeu subitamente e acabou em tiros – observou o inspetor-chefe – e eu diria que isto deve ter ocorrido, pois ninguém se prepara para matar com uma arma amadora nem aponta para o coração, como você mesmo disse, portanto eles dificilmente teriam ficado por aqui tempo suficiente para lidar com tudo isso depois de atirar.

– Mas isto – o capitão pôs a mão suavemente sobre a cabeça do anjo –, isto é outra coisa. Eles precisavam ter um freguês esperando por isto, senão jamais teriam roubado, um freguês que já tivesse feito um bom depósito pelo risco que eles estavam correndo. Não há dúvida que seria arrumada uma licença para exportação, tratava-se de uma operação de alto nível e tinha de ser feita rapidamente, tudo está acabado agora. Por que eles foram embora, por que...?

Ele se levantou e andou de um lado para outro, parando em frente à porta-balcão. Viu à sua frente o muro escuro do outro lado do pátio e, no meio, um retângulo de luz amarela na altura do segundo andar. A sombra de uma pequena figura pulava para cima e para baixo no facho de luz, jogando algo para cima e pegando de volta. O capitão virou de súbito e pegou o telefone que estava na escrivaninha do inglês. Com a mão que estava livre, fez um gesto em direção ao *carabiniere* Bacci.

— Suba até o apartamento dos Cipriani no segundo andar e descubra se aquela menina acendeu a luz quando o barulho a acordou. Provavelmente a resposta será sim, pois ela soube nos dizer que horas eram, mas veja se o relógio dela é daqueles luminosos... Alô? Transfira-me para a sala de rádio, sim?... Alô... é, sim... bem, talvez estejamos chegando a algum lugar. Anote este recado, quero que seja imediatamente transmitido aos homens que estão interrogando os *marchands* de antiguidades no *Quartiere 3,* e passe o recado exatamente como vou dizer: Cancelar ordem anterior. Caso Langley-Smythe encerrado, repito, encerrado, por falta de provas. Informe a todos os *marchands*, inclusive aos já visitados, e retorne ao posto. Repita para mim. Ótimo. Mande exatamente assim. Quando os homens voltarem diga para seu chefe me ligar aqui, o número é 284393, para as próximas ordens. Devo precisar deles a noite inteira... Eu sei e lamento, mas não posso fazer nada. Preciso deles. Obrigado.

Por todo o *Quartiere 3* os rádios se manifestaram chiando, interrompendo conversas tensas, nas tranquilas e elegantes lojas de antiguidades com pisos encerados de mármore e grandes vasos de cobre com antúrios brancos e vermelhos na Via Maggio, nas pequenas lojinhas entulhadas de móveis e de pequenas joias na Via de Serragli e na Via Santo Spirito, nas oficinas de restauração cheirando a verniz com saudações natalinas escritas em letras brilhantes sobre as janelas escuras das pequenas vielas da Via delle Caldaie e Via Maffia. Os investigadores fecharam os livros de contabilidade dos *marchands*, deram a inesperada mensagem, saíram em suas motocicletas e acenderam os faróis dianteiros sob o olhar curioso dos compradores noturnos. Dispersando-se pelas longas e estreitas ruas, retraçando seus caminhos e revisitando os *marchands* com quem já haviam se encontrado.

– Pode esquecer; não há com que se preocupar, o caso está encerrado.

Em uma hora eles já haviam se reunido novamente e agora passavam zunindo pela ponte em direção a Borgo Ognissanti. A neblina se dispersara e as fileiras de lampiões de ferro rompiam a superfície negra do rio com uma luz delicada.

– Cesarini, hein? – disse o inspetor-chefe, pensativo. – E você realmente acha que ele seria bobo de aparecer aqui?

– Acho que ele seria suficientemente ambicioso e certamente ficou tentado, nem que fosse para ver o que andamos fazendo, o quanto já descobrimos. Se eu dissesse a ele que o caso estava encerrado, ele iria suspeitar, não é um completo idiota. Mas esses *marchands* são como formigas. Cesarini não estava na lista dos *marchands* a serem visitados porque eu mesmo já estive lá. A história vai chegar aos ouvidos dele em minutos, eu diria, e ele com certeza vai ficar tentado quando voltar e ver o lugar deserto, isto é, se eu estiver certo, é claro. Eu não tenho nenhum resquício de prova concreta contra ele, ah, *carabiniere*...

O *carabiniere* Bacci estava à porta, o rosto vermelho de excitação, depois de subir e descer as escadas.

– Sim, senhor. Ela acendeu o abajur; o relógio não é luminoso.

– Certo. Então é mais que possível que a luz os tenha feito entrar em pânico – o capitão se sentou na poltrona de couro em frente à escrivaninha e começou a bater em seu braço levemente com o pulso, emitindo pequenas nuvens de poeira como fizera antes o marechal. – E ainda assim, ainda assim... Não acredito que ninguém jamais os tenha visto juntos... quatro anos... não é possível, não se pode escapar de uma coisa dessas, não em Florença; as pessoas aqui sabem o que você pretende fazer antes que você mesmo saiba... Até numa casa como esta, eles podiam jamais se falar, mas mesmo assim saberiam, assim como a senhora inglesa sabia...

O telefone tocou.

– Alô. Sim... ótimo... exatamente, espero que o *marchand* que estamos procurando apareça aqui à noite. Vamos sair para comer alguma coisa e depois vamos nos trancar aqui dentro e mandar os guardas embora. Sim, ele tem sorte, nem precisa dizer..., lamento, mas vou precisar de seus homens a noite inteira, pois não tenho esperança de conseguir mais nenhum...

Normalmente isso não importava; com metade da população voltando para casa, *la Mamma* e ceia de Natal, as atividades criminosas eram tão escassas quanto o número de policiais reservados para enfrentá-las; apenas a polícia de trânsito contava com trabalho extra.

– Neste ponto – o marechal costumava dizer ao cético *carabiniere* Bacci – somos todos italianos.

– Mantenha-os fora de vista em uma rua paralela perto da *piazza*, um carro radiopatrulha e duas motocicletas devem bastar, e um homem à paisana na *piazza* para ficar de olho neles e ficar em contato com os outros. Não, isso não é necessário; se alguém aparecer, nós vamos escutar. O homem que realmente queremos provavelmente está no edifício ou estará, e há quatro de nós lá, mas outros dois podem aparecer e é aí que você entra. Se você os vir entrar correndo, impeça-os. Pode ser que estejam armados, de modo que vocês devem estar protegidos... sim... certo, é só isso – o capitão pôs o fone no gancho e olhou para o relógio. – Bem, cavalheiros, acho que devemos comer algo e voltar aqui antes das lojas fecharem, às oito. E espero que não esteja fazendo todo mundo perder tempo.

– Acho que não – disse o inspetor-chefe, levantando-se rigidamente da cadeira. – E acho que é melhor telefonar antes para o vigário, se não se importam, pois não iremos comer lá.

Ele ligou para o vigário.

– Felicity vai ficar decepcionada de não vê-lo, e teremos torta de carne com purê de batatas. Ah, bem, imagino que não possa fazer nada quanto a esse tipo de coisa em seu trabalho. Agora, está com a chave, caso volte tarde? Só que já estaremos na cama lá pelas onze; sirvam-se de uma xícara de chá ao entrar...

Quando ele desligou o telefone o inspetor-chefe quase se beliscou para ver se estava mesmo na Itália. Não estava com muita esperança de conseguir aquela xícara de chá.

O lugar mais próximo para se conseguir um jantar rápido era o *Casalinga*, do qual o inglês era freguês, logo na esquina, pois o *Neapolitan* na *Piazza* já tinha uma longa fila de jovens esperando pela *pizza* que ele começava a fazer no começo da noite.

Havia pouca gente jantando tão cedo no *Casalinga* e a esposa do proprietário estendeu uma toalha de linho branco limpa para eles sobre a mesa perto da janela na sala dos fundos. Não dava vista para paisagem nenhuma, apenas um muro de pedra do outro lado, depois de uma grossa cortina de renda e um adesivo vermelho de boas-vindas no vidro.

Paolo, o gordo filho do dono, apareceu com seu corpanzil num imenso avental branco. Tinha cabelos castanhos encaracolados e um lápis curto e grosso enfiado sobre a orelha.

– *Stracciatella* – ele anunciou, aproximando-se deles, tirando um bloco de baixo do amplo avental e pegando o lápis à típica moda de negociante.

– Que tal um menu – murmurou o inspetor-chefe, apreensivo, no ouvido de Jeffreys. – Queremos um menu; não gosto de...

– Tsc, tsc! – Paolo fez que não com o dedo para ele, como típico florentino. – *Stracciatella*! Caldo de carne fresco, ovos postos dez minutos atrás, tudo preparado por *la Mamma*. Quatro. Quatro *stracciatelle*! – ele anotou a ordem sem sequer virar a cabeça.

— E que mais sua mãe fez para nós? — perguntou o capitão, respeitosamente.

— *Cotechino* e lentilhas — Paolo anunciou prontamente. — Especial de Natal.

— Mas será que eles vão gostar?

— Não. Ingleses, não são? Vou lhes trazer bife de fígado na manteiga e sálvia, mais umas batatas assadas. Todos os ingleses gostam de batatas. Salada verde? Salada verde. Um litro de vinho. Água? Um litro lhes bastará. Com ou sem gás? Sem gás, a outra é ruim para vocês. Vou lhes trazer o pão — o lápis desapareceu detrás de seus cachos castanhos e ele se afastou, gritando o pedido deles enquanto passava pelo corredor entre as mesas não-arrumadas com suas toalhas quadriculadas.

Ao voltar com uma cesta de pão caseiro e uma jarra de vinho, bateu com eles na mesa e se curvou para olhar para o rosto do inspetor-chefe.

— Não se preocupe tanto! — ele lhe advertiu severamente. — Vocês vão comer bem aqui! — lançou mão do pouco inglês de restaurante que tinha. — Muitos clientes ingleses! Todos comem bem! Batatas! Bom vinho tinto para o tempo frio. Certo? — ele deu um tapinha no ombro do perplexo inspetor-chefe e lhe serviu vinho e empurrou o pão para perto dele. — Coma! — foi sua última ordem antes de sair animadamente em direção à cozinha.

— Bem — disse o inspetor-chefe de rosto vermelho —, ele parece conhecer seu ofício. Não tinha certeza se ia beber mais vinho, mas acho melhor obedecer — ele quebrou um pedaço de pão e os dois florentinos o observaram. Pela primeira vez, Jeffreys reparou, estavam sorrindo.

– Vamos levar isto conosco – disse o capitão pouco tempo depois. O gordo Paolo virou a cesta de tangerinas, nozes e figos secos dentro de um saco de papel marrom.

A *trattoria* estava ficando cheia de estudantes. Todos carregavam grandes bolsas e pastas, e traziam com eles para dentro do restaurante aquele ar gelado. No salão da frente eles estavam rearrumando as mesas ruidosamente e chamando os grupos que se comprimiam à porta:

– Aqui! Gianni! Tem lugar! – todos eles pediram pasta e a maioria pediu *cotechino* e lentilhas. Era sua última refeição juntos no período. – Paolo! Três espaguetes *al sugo*! Paolo! Tem que ter *tortellini*, hoje é quinta-feira! E *pasta corta* para Silvia! Paolo! Volte aqui, são quatro *spaghetti*! Quatro!

E o garoto gordo arrastava o corpanzil com boa vontade de mesa em mesa, jogando-lhes pão e rascunhando em seu bloco, deixando escapar um sorrisinho quando as meninas puxavam seu avental ou levantavam para lhe despentear os cachos e mudar seus pedidos assim que ele acabava de escrever.

Uma ou duas pessoas mais velhas sentaram-se solitárias em pequenas mesas nos cantos, os homens idosos da vizinhança, usando boinas pretas e mastigavam lentamente seu *spaghetti* com as gengivas sem dente. Um mendigo velho e enrugado com uma longa barba grisalha mergulhava pedaços de pão em sua grande tigela de *minestrone* em uma mesa atrás da porta.

Havia um lugar vazio para uma pessoa nos fundos do salão, debaixo de uma aquarela da *Piazza* Santo Spirito. Nenhum dos estudantes pensou em ficar com ela, mas no final o gordo Paolo acoplou a mesinha à outra maior, pois o grupo de estudantes esfomeados aumentava a cada minuto. Ele virou a cadeira que sobrou dando de ombros de modo escusatório ao capitão enquanto os quatro policiais passavam pelo salão da frente a caminho da saída.

Havia mais jovens do lado de fora, fofocando e tentando manter-se aquecidos subindo e descendo a rua em suas lambretas.

– Agora esfriou mesmo – disse o inspetor-chefe, levantando a gola e procurando pelo par de luvas em seus bolsos. O traço de céu que dava para ver por entre os edifícios altos era negro e abundantemente salpicado por estrelas cintilantes. Um vento gélido lhes tirou o fôlego quando dobraram a esquina da Via Maggio.

– A tramontana – disse o *carabiniere* Bacci, caminhando ao lado de Jeffreys. – Amanhã será um lindo dia.

Ainda viam as luzes acesas nas duas lojas de Cesarini, mas os outros já estavam fechando ou tinham suas portas metálicas já semicerradas com os últimos fregueses indo embora. Os dois *vigili* começavam a primeira ronda da noite, supervisionando o fechamento das lojas, parando para bater papo com algumas pessoas, batendo nas portas daqueles que fingiam ter fechado a loja. Um homem tentava, com dificuldade, colocar uma grande árvore de natal no teto do carro. O ruído familiar de portas de ferro sendo baixadas fazia as pessoas apertarem o passo. Era o som típico do fim do dia, e do jantar. Pela primeira vez, os dois ingleses sentiram saudades de casa. Terminaram a curta caminhada em silêncio, e também em silêncio adentraram o parcamente iluminado edifício de número cinquenta e oito. O guarda foi dispensado e os quatro cruzaram o quarto de dormir de modo a evitar que a luz alcançasse a rua. Fecharam as persianas internas e externas na esperança de barrar também uma parte do frio, mas sua respiração produzia uma fumaça gelada e as cadeiras que trouxeram da sala estavam ainda mais frias que suas mãos.

Quando se sentaram para esperar, o capitão pegou sua *Beretta*.

O marechal estava dormindo em seu quarto escurecido. O brigadeiro convocado já tinha ido embora, mas antes foi à *piazza* com a *Land-Rover* da delegacia e trouxe uma caixa de água mineral, pão de forma e azeitonas pretas. O marechal não estava conseguindo engolir comida nenhuma, mas devido a seu estado febril, ficou agradecido pelo suprimento de água. A cesta colocada próxima de sua cama lhe dava uma sensação de segurança. Com o brigadeiro, que também era siciliano, ele nem precisava pedir. O telefone do escritório do marechal fora conectado a um serviço de atendimento, transferindo suas ligações diretamente para Borgo Ognissanti, de modo a não perturbar seu sono. Todavia, dormiu de maneira inquieta e teve febre alta. Repetiu-se o mesmo sonho de tentar voltar para casa, um sonho no qual lutava para atravessar uma planície escaldante e arenosa que oscilava enjoativamente debaixo de seus pés. Ele sabia que estava tentando chegar em casa para o Natal. Às vezes passavam trens à distância, mas nunca perto o bastante para ele embarcar. Estavam todos lotados, abarrotados de bagagem até o teto, transbordando famílias inteiras. As pessoas se dependuravam pelas janelas balançando garrafas vazias, como fazem em todos os trens rumo ao sul, chamando por alguém que as enchesse de água. Às vezes o marechal sentia a presença de Cipolla, o pequeno faxineiro, que se esforçava em sua labuta dentro do macacão de algodão preto que era pequeno demais para ele nas mangas. "Por que ele estaria comigo?" pensou o marechal. Para onde ele está indo? Mas o esforço de perguntar parecia tão grande que fez doer sua cabeça em chamas. Tenho de perguntar a ele mesmo assim, ponderou, pois não posso simplesmente ignorá-lo. Mas quando ele finalmente conseguiu abrir a boca quente e ressequida, fez a pergunta errada.

– Onde está sua vassoura? – ele se ouviu perguntar de modo estúpido. – E sua cesta? – mas isto não parecia importar ao homenzinho; ele respondeu, como se tivesse sido a pergunta certa:

– Ao funeral.

"Então ele não me ouviu", pensou o marechal. "Ele está adivinhando. Mas ao funeral de quem? De sua esposa ou do inglês?"

– Não posso ir com o senhor – disse ele –, tenho de ir para casa, é Natal.

Ambos estavam arfando, tropeçando pela areia quente e oscilante. Por que estava quente daquele jeito no Natal...? Febre, era a febre...

Às vezes os olhos cintilantes do marechal se abriam brevemente e captavam as paredes nuas que conseguia ver no escuro, mas o quarto oscilava e girava tão enjoativamente quanto a planície arenosa. Ele teve de fechar os olhos novamente e terminar sua exaustiva jornada rumo ao sul que continuou pela longa noite adentro.

4

Era meia-noite. O som abafado dos sinos de San Felice era filtrado pelas persianas duplas do quarto do inglês. Nenhum dos quatro homens quis se sentar na cama dele e estavam todos sentados rigidamente em suas cadeiras desconfortáveis, em silêncio. No começo da noite puderam ouvir vários ruídos que vinham do pátio, o bater de louças e talheres, os encanamentos gorgolhando, o familiar tema musical do noticiário das oito horas, as risadas, uma rápida briga, mais bater de louças e talheres. Ouviram a filha gordinha dos Cipriani gritando e cantando, e a voz de sua mãe:

– Giovanna! Pare com isso! Está na hora de você ir para a cama! Se seu pai ficar sabendo... – depois mais música de televisão, ecos de tiros de rifle ricocheteando pelo pátio, cascos trovejantes, trombetas de cavalaria. Durante as partes mais calmas do filme de caubói se ouvia um disco velho, que estalava, de Gigli cantando Verdi, que sem dúvida vinha do apartamento do juiz. Depois veio o som de persianas sendo fechadas, mais gorgolejos do encanamento, alguns comentários de um quarto para outro, depois silêncio.

Ninguém sentiu vontade de falar, cansados demais que estavam para se dar a um trabalho que implicava tradução, ou então em dizer as coisas de modo bem simples. O fato é que quando algum comentário trivial que ajudasse a passar o tempo fosse mentalmente traduzido ou reduzido a termos menos coloquiais na mente daquele que fosse falar, já não parecia valer mais a pena dizer nada. Então cada um mergulhou em seus próprios pensamentos na escuridão, e o saco de figos e tangerinas permaneceu intocado sobre a cama.

– Por favor, Deus, não me deixe cair no sono – rezou o jovem *carabiniere* Bacci, cuja tensão estava começando a ficar evidente, e às vezes – Por favor, Deus, não deixe que eu leve um tiro, por causa de minha mãe – ele tentou recitar mentalmente o código penal e depois algumas instruções de manutenção de tanques. Tinha provas preliminares tanto na área judicial quanto na área militar pouco depois do Natal. Mas sua mente cansada vagava incontrolavelmente, e sempre voltava à sombria visão de si mesmo contraído no chão, no escuro, e com uma risca de giz sendo traçada ao seu redor, sua mãe... E os outros três pareciam tão calmos e indiferentes. A mão do capitão ainda estava na *Beretta* que jazia em seu joelho, mas seu rosto mostrava-se impassível como sempre.

– Ele não vai querer fazer feio na frente deles – dissera o marechal –, pois isso aborreceria seus superiores e a si mesmo. Será que ele estava preocupado que a operação toda desse em nada? Era impossível dizer a partir da expressão de seu rosto... e o inspetor-chefe inglês estava sentado com um pé apoiado no joelho e os ombros encurvados... deveria estar assistindo televisão em sua própria casa. O mais jovem parecia apenas cansado e um tanto entediado. Ninguém mais estava com medo... mas todos pareciam pálidos... ou seria a escuridão que deixava todo mundo com cor de papel-pergaminho.

"Por favor, Deus" – o *carabiniere* Bacci continuou a rezar, olhando para a porta – "não nos faça ter de esperar muito mais" – e esta prece foi atendida.

Faltavam dez minutos para a uma da madrugada quando um ruído alto ecoou pela passagem externa. Alguém abriu eletronicamente a porta principal, de dentro do edifício. Involuntariamente, os quatro olharam para cima. Não ouviram passos, ele devia estar usando chinelos de feltro. Em silêncio, o capitão destravou sua pistola automática e desligou o abajur de cabeceira. Mas houve um segundo antes de apagar a luz quando ele trocou um olhar surpreso com o inspetor-chefe. O olhar perguntava "por que tão cedo"? Havia um risco considerável de outros moradores ainda estarem fora. Sabiam que o *signor* Cipriani ainda não havia chegado. Mas não havia tempo para discutir isso, ouviram um fraco arrastar de pés do lado de fora, e depois uma pausa. Os quatro ficaram estáticos, escutando. O *carabiniere* Bacci se esqueceu de rezar. Por que correr o risco? Com certeza não ousariam arrombar a fechadura lá, bem de frente para o elevador e as escadas. O inglês sempre estava lá para deixá-los entrar antes. Teria Cesarini descido? Não de elevador, senão teriam escutado...

A porta do apartamento se abriu silenciosamente, com uma chave. Alguém acendeu a luz que adentrou por sob a porta do quarto, e então a própria porta do quarto se abriu. O capitão acendeu o abajur, e sua arma apontava para a porta.

– *Signor* Cesarini – ele disse calmamente. – Estávamos lhe esperando.

Cesarini não se mexeu. As duas silhuetas atrás de si mantiveram-se paralisadas por alguns segundos, depois deram meia-volta e saíram correndo. Houve gritos, berros furiosos, e sons de uma luta feroz ecoando pelo corredor. O *carabiniere* Bacci subitamente estava de pé, olhos brilhantes e aguçados como os de um cão de caça. Após um aceno de cabeça do capitão, ele passou correndo pelo *signor* Cesarini e se juntou à caçada. Havia uma motocicleta de *carabiniere* do outro lado da porta de entrada ainda aberta, e a perua do verdureiro estava na rua, com uma radiopatrulha em frente. Mas apenas um dos homens fora detido. O verdureiro já era conhecido da polícia e era gordo demais para correr para muito longe; não achou que valia a pena encarar a briga ao ver a perua cercada, mas o jovem que estava com ele não tinha ficha na polícia e fugiu desesperado, jogando-se sobre a motocicleta, batendo com o queixo com tamanha força que chegou a gritar. Estava já na metade da Via Maggio antes que se pudesse dar a partida e fazer a curva com as duas motocicletas.

O fugitivo era pequeno e magro e corria como uma lebre, escondido a maior parte do tempo nas profundas sombras junto às paredes, esquivando-se dos grandes aros de ferro, das barras de ferro retorcidas das janelas dos bares e das cornijas barrocas que brotavam de cada edifício e ameaçavam provocar uma concussão. O *carabiniere* Bacci arfava alto, e sobre o ruído da própria respiração ele ouviu uma sirene começando a soar atrás de si, depois um rugido alto e estável e o som de buzinas desencontradas. Deparou-se com uma janela gradeada que o deteve e deu meia-volta. O rugido estável se aproximava. O enorme caminhão de limpeza branco e laranja vinha em ritmo constante pela Via Maggio, bloqueando toda a estrada, esguichando jatos de água desinfetante ao redor. Uma das motocicletas tentou subir a calçada e o motorista agora estava ensopado e temporariamente cego. A sirene começou a soar outra vez, mas apesar do caminhão de limpeza ter parado, não podia virar e levaria uma eternidade para voltar pela rua abaixo.

– Tenho de pegá-lo... – murmurou o *carabiniere* Bacci para si mesmo, então, virou e continuou. O fugitivo chegou à ponte, mas estava mancando severamente. O sinal de trânsito da ponte estava vermelho e um ônibus estava esperando. A poucos metros, perto da estátua que indicava o inverno, havia uma parada de ônibus e o homem caminhava em sua direção mancando e olhando por sobre o ombro.

– Não! Não o deixe... – gritou o *carabiniere* Bacci inutilmente. A rua parecia estar ficando mais comprida à medida que ele corria e ele percebeu que jamais deveria ter parado para olhar ao redor. – Ah, Deus... não! – mas o ônibus diminuiu a marcha e abriu a porta traseira, e o homem seguia pela ponte. Mais uma vez o *carabiniere* Bacci diminuiu a velocidade, e então começou a correr novamente, mais rápido que antes. O carro e as motos tinham seguido outra direção e nem deviam saber que o homem havia embarcado num ônibus, o que dirá qual ônibus. Ele ainda podia fazer alguma coisa. Correndo pela ponte, ele arfou sentindo o vento gelado da montanha que cauterizava seus pulmões. Estava correndo em direção às ameias iluminadas artificialmente do *Palazzo Ferroni* do outro lado. O ônibus seguira em frente, mas ele conhecia o itinerário e sabia como encontrá-lo. Virou subitamente à direita quando alcançou a margem oposta, passou pelo pórtico, desviou de Lugarno, onde ainda havia movimento, passou em meio aos gritos e buzinas de carros, e desapareceu por um túnel úmido e antigo, dentro do qual seus passos ecoavam pesadamente.

O motorista de ônibus assobiava. Era sua última viagem do dia e ele estava animado, mas também com pressa de chegar em casa. Quando o *carabiniere* Bacci apareceu de repente, vindo de uma viela próxima correndo em direção ao ônibus com a mão levantada, o motorista acelerou só um pouquinho.

– Está vendo? – ele perguntou ao único passageiro que estava atrás dele. – Tiras! Imagino que eles acham que você tem de parar em qualquer parte para eles, mas eu não. Ele pode usar o ponto de ônibus como todo mundo – e continuou a assobiar.

O passageiro não respondeu. O interior vazio do ônibus muito iluminado arremeteu, seguindo em velocidade, com a máquina de validação de tíquetes sacudindo a ponto de sair de prumo.

– Os tiras estão por toda parte esta noite – murmurou o motorista, vendo a luz giratória vindo por trás, ao longe. Seguiram chacoalhando por uma rua comercial vazia, passando por grandes ramos de luzes natalinas, seguindo para a catedral e virando para a direita perto do batistério. Um grupo de pessoas encolhidas de frio esperava o último ônibus. Um homem de barba esticou o braço, fazendo sinal.

– Não pare – disse baixinho o passageiro atrás do motorista.

– Tenho que parar aqui, até mesmo para um tira, meu itinerário...

– Não pare! – gritou o passageiro em pânico, e o motorista sentiu o metal em suas costas.

– Jesus Cristo...

– Pise fundo senão eu atiro.

O motorista, com o rosto pálido, pisou fundo. O grupo escapou por pouco e todos estavam perplexos. Correram atrás do ônibus por alguns metros e o homem de barba levantou o quepe e acenou com ele ameaçadoramente, gritando insultos inaudíveis até que os deixaram para trás.

O apavorado motorista agarrava o volante com mãos tão suadas que quase escorregavam. Sua perna tremia no acelerador enquanto ele tentava manter a velocidade e seu cérebro paralisado fazia tentativas perdidas de se lembrar das instruções recebidas para lidar com emergências deste tipo. – Abrir as portas... abrir as portas... abrir... – mas isto significaria deixar um ladrão perigoso escapar e, assim, não expor os passageiros ao risco de serem feridos. Este podia não ser um ladrão, e além do mais, não havia passageiros. E se ele fosse um terrorista?

– Jesus, Maria e José, não quero ser morto... as crianças... e é Natal... vou chegar tarde em casa... ah, não deixe que ele... – ele estava com as costas ensopadas. Fixou os olhos nas fotografias do sorridente Papa João XXIII coladas na janela com duas flores de plástico. Isso era o máximo que ele sabia em termos de reza. O carro de polícia que ele vira atrás de si desaparecera. Até que ele o viu à frente, bloqueando a estrada.

– Vire! – ordenou o passageiro.

– Não posso! Não posso virar, vamos...

– Vire! – ele disse, batendo com a arma nas costas do motorista com mais força, que virou à direita, colidindo com o meio fio ao subir a calçada. A ruazinha estava cheia de luzes vermelhas e brancas penduradas onde se lia "Feliz Natal" e luzes azuis e verdes dizendo "Boas Festas". Feliz Natal... Boas Festas... Feliz Natal... Boas Festas... Feliz Natal... Uma árvore verde brilhante... uma flor... uma estrela... e então, o escuro.

O motorista fechou os olhos.

O marechal ouviu as sirenes, que se misturaram aos seus sonhos febris. Estava tropeçando. A planície arenosa continuava subindo, chegando ao seu rosto e depois diminuindo gradualmente debaixo dele, balançando enjoativamente. Mas agora ele estava mais calmo, pois já havia posto na cabeça que aquilo era algo a ser suportado, e que ele precisava ir periodicamente ao banheiro para vomitar depois retomar sua jornada quente e exaustiva. O pequeno faxineiro ainda estava com ele, e isso o deixava ainda mais cansado. Ele já tinha coisas demais a fazer. Tentava continuar em frente, mas precisava se preocupar com o pesar do companheiro e com aqueles olhos pacientes emoldurados com olheiras profundas. Sabia que estavam lá, apesar de nunca olhar ao seu redor. Às vezes os dois homens ficavam sozinhos, às vezes vinham demônios com tridentes com os quais os espetavam maliciosamente, não para fazê-los ir mais rápido, mas só para atormentá-los. Espetaram o marechal principalmente nas costas, fazendo com que sentisse muita dor. Está ficando mais quente. Se esquentasse mais, eles iriam morrer. Graças a Deus que havia uma caixa com garrafas d'água debaixo da cama... e agora as sirenes soando, o que significava aquilo...? Ele entendeu o que estava acontecendo com ele uma vez, mas agora havia esquecido de novo. Algo a ver com um funeral... ou com a volta para casa... Mas de onde vinham as sirenes? Ele perdera a direção de onde vinha o som... se ao menos ele pudesse parar por um minuto e pensar bem. Mas não podia parar, entendeu, pois era o chão que se movia, não ele.

– Faça tudo ficar parado – disse ele em voz alta na escuridão, mas nada ficou parado e os demônios o espetavam alegremente e a paisagem deslizava debaixo de seus olhos.

– O que é isto – perguntou o marechal, desistindo de tentar entender por si só. – O que está acontecendo? Por que não podemos parar?

– Não sabia? – ouviu a voz do pequeno faxineiro, apesar de ele não estar mais lá. – É o fim do mundo...

Subitamente o marechal não conseguia mais ficar de pé.

– Não! – gritou. – Não! Não é o fim do mundo. Não acredito nisso. Eu sabia o que havia de errado comigo, mas agora esqueci, mas não é o fim do mundo e sabe o que mais, estou cheio de tudo isto, de saco cheio, noite após noite, e vocês – ele apontou o dedo, furioso, para as criaturas sorridentes ao redor dele – podem ir embora! Vão embora deste quarto! Todos vocês, e não voltem! Não aguento mais e não sei por que deveria aguentar, agora vão embora! – ele estava gritando muito alto e as criaturas o estavam obedecendo. – Certo. Agora, veremos se é o fim do mundo mesmo. Em um instante acordarei normalmente e beberei um copo de água. Fim do mundo! Palhaçada.

Ele abriu os olhos, sentou-se e serviu-se de um copo d'água. Bebeu lentamente, regozijando o delicioso frescor. Então saiu da cama, sentindo-se bastante leve e em paz. Seu pijama estava colado no corpo de tanto suor. Ele tomou banho e vestiu um pijama limpo. Sentia-se confortável como nunca antes na vida.

– Lençóis limpos – disse a si mesmo, e refez a cama caprichosamente. Havia um sorriso feliz em seu rosto enquanto arrumava a roupa de cama limpa, tomado por uma sensação de empolgação e conforto. Ainda com um sorriso no rosto, ele caiu tranquilamente em um sono sereno e saudável.

O *carabiniere* Bacci ainda estava correndo. Conhecendo o itinerário dos ônibus como conhecia, pegou outro atalho, sem se deixar abalar pelo primeiro fracasso, e saiu na *Piazza Santissima Annunziata*, arfando dolorosamente, para esperar pela chegada do ônibus. Poucos momentos depois se deu conta de que, se o ônibus estivesse a caminho, poderia ouvi-lo. Tudo na *Piazza* estava fechado e em silêncio. Observou a silhueta da igreja contra o céu estrelado, e a única outra figura imóvel, que era a estátua equestre no centro. Ele conseguia ouvir sua respiração difícil e o coração batendo alto. Então ouviu uma sirene. Estava atrás dele, e recuava. Ele fora longe demais. O ônibus deve ter sido parado antes, talvez perto da catedral. Ele começou a correr de volta pela Via de Servi, com o longo pedaço de mármore iluminado movendo-se para cima e para baixo sob seus olhos cansados. Finalmente ele chegou a uma barreira que estava bloqueando a viela paralela e ouviu o barulho de comoção geral, contudo, daquele ponto não conseguia enxergar. Caminhou a esmo pelas ruas paralelas até ver a frente do ônibus no fim de uma passagem estreita e a luz azul giratória de um caminhão de reboque atrás do ônibus. Caminhou lentamente em direção ao ônibus. Estava preso entre os muros de pedra da passagem e as laterais estavam amassadas.

– Seu pessoal já foi embora – o homem do reboque informou sucintamente quando, enfim, o notou, e depois começou a gritar instruções urgentes para alguns colegas que ele não conseguia ver. As luzes estavam todas voltadas para o ônibus. As de natal estavam todas desligadas agora e as ruas pareciam bem mais escuras que o normal. O que o capitão diria quando ele voltasse à Via Maggio? O *carabiniere* Bacci ainda se lembrava de seu rosto depois do episódio da senhorita White. E os dois ingleses... ele já estava até sentindo o olhar frio do mais velho, analisando-o dos pés à cabeça sem dizer nada. O mais novo era mais simpático, mas não saíra correndo atrás de fugitivos como se fosse uma criança brincando de mocinho e bandido.

Ele levou quase uma hora para retornar à Via Maggio. Quando chegou ao número cinquenta e oito, alguém estava saindo e fechando a porta principal. O *carabiniere* Bacci apertou os últimos passos. Então ouviu o rádio apitando. O segurança particular.

– O capitão ainda está aqui? – ele perguntou ao guarda, com o máximo de dignidade ferida que conseguiu reunir.

– Que capitão?

– O capitão *carabiniere* que estava aqui com dois detetives no térreo!

– Não que eu saiba. O brigadeiro está do lado de fora da porta, como sempre, só isso. Não tem ninguém lá dentro.

– Eles prenderam alguém?

– Prender?

– Sim, prender! Não sabia que havia uma importante operação aqui esta noite?

– Não. Não sabia. Isto aqui estava um túmulo de tão quieto quando fiz a última ronda, e continua assim. Quer entrar? Tenho de ir.

– Não – disse o *carabiniere* Bacci –, não há porque, já que...

– Então, já estou indo – bateu a porta e saiu com seu rádio rangendo, entrando no próximo edifício.

O *carabiniere* Bacci reparou que havia de fato luz no banco que ficava sempre acesa e, lembrando disso, percebeu que não era sua culpa não ter reparado nos faxineiros do banco naquela primeira manhã. Ele não poderia saber sem vê-los. Então ao menos isto não era culpa dele. Lentamente ele cruzou a *piazza* com suas portas de ferro ainda fechadas, e tomou o rumo de volta para Pitti. Seus passos exauridos labutaram pelo pátio inclinado e ecoaram sob o arco de pedra. Entrou no escritório e deixou o corpo afundar na poltrona do marechal, ainda de chapéu, casaco e luvas.

Consciencioso até o fim, ele puxou para si um pedaço de papel timbrado oficial orlado e começou a escrever um relatório. Quando eram quinze para as quatro ele viu que não ia conseguir terminar sem descansar primeiro e prostrou-se na cama de campanha. Lembrou-se que estava usando chapéu e luvas e os tirou, atirando-os sobre a cadeira. Alguém havia tirado o cobertor da cama de campanha, de modo que ele tirou seu sobretudo e cobriu-se com ele. Caiu no sono imediatamente e o relatório ficou na mesa, incompleto. Pouco depois, uma de suas luvas brancas sujas caiu no chão.

5

— O que você fez com a arma?
— Que arma? — Cesarini olhava para ele com desprezo. Ele tinha um quê de encarquilhado na aparência e, apesar de não ser assim tão velho, seu cabelo e pequeno bigode eram brancos. Suas roupas eram das lojas mais caras e acompanhavam a moda em Florença, mas para perceber isso era preciso olhar para as etiquetas discretas, porém visíveis. Havia nele um quê de desleixo que sobressaía aos modos refinados e nem mesmo o uso de seda fina e couro de marca poderiam esconder isso... Ele continuava tão calmo como no momento em que eles o levaram para a delegacia, pouco antes de duas da manhã, e o sol já brilhava no céu agora, adentrando lentamente as janelas do escritório do capitão e aquecendo os ladrilhos encerados. O capitão estava exausto, com os olhos doendo e o rosto escurecido pela barba por fazer, mas ele não iria desistir, menos ainda na frente dos dois ingleses que estavam ligeiramente à parte da ação, sentados em suas cadeiras. Jeffreys também estava pálido e com os olhos turvos.

O capitão repetiu com tom enfadonho:

– O que o senhor fez com a arma? – o apartamento do homem foi revistado assim que clareou, e suas lojas estavam sendo vasculhadas agora.

– O senhor ainda não me disse que arma.

– A sua. Imagino que tenha uma.

– Tenho.

– Onde está?

– Na loja, na maior. Seus homens vão encontrá-la, se souberem fazer o serviço.

– Eles sabem.

– Então, pronto.

– Pelo que entendi, o senhor tem licença?

– Correto.

– Que horas visitou o inglês na noite de quinta?

– Não o visitei.

– Certo, então nas primeiras horas da manhã de quarta-feira?

– Não fui.

– O que ia fazer lá ontem à noite?

– Eu lhe disse que estava conferindo minha propriedade. Tenho todo o direito de conferir minha propriedade. O senhor havia tirado os guardas de lá e dito que o caso estava encerrado, então por que eu não poderia fazer isto? Eu aluguei o apartamento a ele e isso não faz de mim um assassino.

Todos assumiram a culpa por não terem pensado nisso antes, mas ninguém o fez mais que o inspetor Jeffreys, que se lembrou de ter pensado em questionar a senhorita White pelo comentário do outro dia: "o *signor* Cesarini, bem, ele apareceu algumas vezes, naturalmente...". A palavra "naturalmente" havia soado estranha naquele momento. Por que ele estaria interessado em seu pequeno museu? Mas ele estava ansioso para chegar a Langley-Smythe e para fazer a senhorita White parar de divagar tanto em sua história – devia ter tomado um pouco de seu próprio remédio e ter sido mais paciente. Cesarini, como proprietário da maior parte dos apartamentos, costumava visitar todos os inquilinos. A não ser, é claro, pelo apartamento dos Cipriani, que já pertencia à família há muitas gerações, Cesarini foi comprando todos os demais apartamentos, enquanto os inquilinos ainda moravam ali. Naturalmente, quando se perguntava aos moradores se Langley-Smythe recebia visitas, ninguém se dava ao trabalho de mencionar Cesarini. Ele não era visita. O capitão chegou a telefonar para o *signor* Cipriani, tão logo o horário lhe permitiu, para lhe perguntar se já havia visto Cesarini entrando no apartamento de Langley-Smythe, ou vice-versa.

– Sim, com frequência, creio, mas naturalmente, como ele é...

– Sim. Obrigado, sabemos disto agora...
Naturalmente.

Agora o capitão estava tão irritado quanto exausto.

– Qual era sua relação profissional?

– O que o faz pensar que tínhamos alguma relação profissional?

– O senhor trabalha muito com móveis importados.

– E daí? Seus homens viram meus livros, se me lembro bem.

– E não acharam nada ilegal. Estão sendo analisados agora pela polícia financeira.

– E vão chegar à mesma conclusão, nada ilegal.

– Mas vão achar muita coisa interessante. E as digitais daqueles seus dois amigos da noite de ontem estão espalhados pelos móveis da sala do inglês.

– Isso está longe de ser problema meu.

– Por que eles estavam com o senhor ontem à noite, se o senhor estava apenas dando uma olhada em sua propriedade?

Cesarini deu de ombros.

– Recusa-se a responder?

– Por que deveria? Estou preso?

– Ainda não.

Ao menos havia isso. O capitão esperara por Cesarini na noite anterior com toda intenção de fazer uma prisão em flagrante e, felizmente, só hesitou por causa da chave.

Cesarini deu de ombros novamente.

– São amigos meus.

– É mesmo? As impressões digitais deles podem levá-los a uma condenação por assassinato.

O outro deu de ombros mais uma vez.

– O senhor não parece muito preocupado com seus "amigos".

Cesarini olhou pela janela com cara de tédio.

O inspetor-chefe acendera seu cachimbo e tentava agora se concentrar, às vezes olhando para Jeffreys na esperança de alguma tradução, mas acima de tudo, tentando apenas se concentrar. Essa batalha era a mesma em qualquer língua, a ascensão e queda da tensão, a construção paulatina de uma intimidade peculiar entre inquirido e inquiridor que, frequentemente, terminava com uma confissão, se o culpado, é claro, fosse qualquer coisa exceto um matador profissional. O inspetor-chefe sentiu que as coisas estavam se desenvolvendo dentro dos conformes.

– Importa-se se eu fumar também, já que esta é apenas uma visita cordial? – Cesarini perguntou com petulância. Ondas de fumaça azul do cachimbo vinham do canto onde estava o inspetor-chefe, e reviravam-se sob a luz do sol que agora atingia a ponta da mesa do capitão.

– Sem dúvida. Se tiver cigarros.

– Ora, ora, pensei que os senhores fossem os policiais mais civilizados da Itália – disse o *marchand*, de olho na cigarreira de madeira entalhada sobre a mesa.

– E somos – disse o capitão tranquilamente. – Do contrário, o senhor estaria bem mais desconfortável e menos atrevido do que se encontra no momento.

– Está me ameaçando? – o *marchand* ficou vermelho. Foi a primeira reação que extraíram dele.

– De maneira alguma; apenas estabelecendo os fatos. Quanto pagava a ele? Um percentual de cada transação?

– Que transação? – Cesarini procurou os cigarros e o isqueiro no bolso. Quando estava para colocar o cigarro na boca, o capitão perguntou:

– Quanto ele lhe pagava de aluguel?

O *marchand* parou; tirou o cigarro lentamente dos lábios, olhando para o chão, e depois o colocando de volta na boca e acendendo o isqueiro.

– Quem? – ele perguntou enfim, respirando fundo.

– O senhor sabe quem.

– Tenho muitos inquilinos.

– O inglês.

– Não muito.

– Quanto?

– Não sei quanto, não assim, de repente. Por que deveria?

– Por tudo. Ninguém aluga um apartamento sem saber quanto cobra de aluguel.

– Talvez eu seja ineficiente.

– Pode ser. As pessoas que checaram seus livros não pensam assim. Eles o acharam notavelmente eficiente; livros belamente conservados, cópias de licenças de importação e exportação, faturas de todas as vendas. Eficiência notável.

– Obrigado.

– Quanto era o aluguel?

– Se sabe, por que se dá ao trabalho de perguntar?

– O que o faz pensar que sei?

– Se não soubesse, não acharia importante perguntar. Acha que sou idiota?

"Sim", pensou o capitão, "você é mesmo um idiota. Afinal, não sabia, estava apenas chutando".

Disse em voz alta:

– Ele não pagava nenhum aluguel, pagava?

Cesarini se recostou novamente à cadeira e soprou a fumaça para o teto sem responder, mas ele tinha uma expressão sombria no rosto, e sua pose indiferente não era convincente.

– Foi assim que começou? O senhor lhe ofereceu um apartamento para morar de graça?

– Qual seria a outra razão para alguém morar no térreo, e num buraco daqueles? – disse ele, repugnado.

– Parece que o senhor não gostava dele.

– Por que eu gostaria?

– É um pouco incomum oferecer um apartamento para morar de graça a alguém de quem não se gosta, mesmo sendo no térreo. Aliás, o que o senhor tinha contra ele?

– Ele era um pão-duro. Eu não disse que desgostava dele, mas acho que o desprezava.

– Mas o senhor ofereceu o apartamento para ele morar, apesar de desprezá-lo e considerá-lo um pão-duro.

– E daí? É uma opinião pessoal. Não misturo opiniões pessoais com...

– Com os negócios, *signor* Cesarini?

– Quero meu advogado aqui, o senhor está deliberadamente distorcendo o que digo, tentando me confundir. Quero ligar para o meu advogado!

– Seu advogado seria por acaso o senhor Romanelli?

– Como sabe disto? – agora ele estava desconfiado, apesar de ainda fingir uma desdenhosa autoconfiança.

– Apenas achei que devia ser. Acontece que ele era advogado do inglês também. Um homem interessante. Espero poder conversar mais com ele. Todavia, o senhor não precisa realmente de um advogado agora. Afinal de contas, não está preso, como deve se lembrar.

– Então o senhor não pode me manter aqui.

– Posso conseguir um mandado de prisão na hora que quiser; enquanto isso, meus homens continuarão procurando pela arma.

O rosto de Cesarini relaxou visivelmente.

– Isso não o preocupa?

– Já lhe disse que tenho uma arma, que tenho licença, e que ela está na loja onde seus homens a encontrarão, e será ótimo que a encontrem. Verá que faz anos que não é usada.

– Então por que a tem?

– Por que não? Vendo algumas coisas de valor. Uma loja como a minha pode ser assaltada, e nesta cidade os ladrões têm o hábito de aparecer armados de dia, já que não conseguem entrar nos edifícios à noite, como o senhor certamente deve ter reparado.

– Parece que alguém entrou em um edifício na Via Maggio, a não ser que ele já estivesse lá dentro. E talvez o inglês tivesse uma arma, uma pistola 635 talvez.

– Talvez.

– E os seus dois amigos?

– O que têm eles?

– Eles estavam armados?

– Já os pegou, não foi? Pergunte a eles.

– Vou perguntar. Eles não estavam armados quando os pegamos, mas agora estou perguntando ao senhor. Eles andam armados?

– Não.

– Nunca?

– Não que eu saiba.

– Vamos voltar aos móveis. Seus amigos foram vistos com frequência carregando móveis para dentro e para fora do apartamento do inglês.

Não houve resposta.

– Parece um tanto excêntrico da parte dele querer mudar os móveis, os quadros e as estátuas todo mês.

– Os ingleses são excêntricos, dizem.

– Dizem. Temos dois ingleses conosco, mas tenho a impressão que eles também consideram que era muita excentricidade da parte dele, de modo que talvez nem todos os ingleses sejam excêntricos.

O *marchand* não olhou para os lados, mas evidentemente parecia sentir os olhos do inspetor-chefe sobre ele.

O telefone tocou:

– É o marechal Guarnaccia em Pitti para o senhor.

– Pode me passar. Bom dia, marechal. Como vai? Tem certeza? Sei. Bem, se o senhor acha que deve... o senhor está com um de meus homens aí? Sim, com certeza. Esqueci-me dele, para dizer a verdade. É melhor deixá-lo descansar um pouco, já que não estamos precisando mesmo de intérprete no momento, e o senhor tem meu brigadeiro aí, ah, pensando bem, se ele já tiver descansado é melhor acordá-lo e mandar que vá à Via Maggio. Estamos precisando desesperadamente de homens, e o que deixei lá ontem à noite ainda não descansou. O rapaz não deve se expor a qualquer perigo, ficando do lado de fora do apartamento, vou mandar alguém o quanto antes... Ele com certeza... sim... Boa coisa para quando ele voltar às aulas, apesar de que devo dizer que seu inglês tem sido útil. Diga a ele para tentar ficar longe de confusão pelo menos pelas próximas duas horas. E cuide-se também... Gostaria de conversar mais tarde se o senhor estiver se sentindo melhor... sim... até mais tarde então...

Houve um momento de silêncio depois que o capitão pôs o fone no gancho. Estava olhando para baixo, para suas mãos na escrivaninha. Ainda estavam bronzeadas devido ao longo verão, ele pensou. A irrelevância daquele pensamento o impressionou; estava cansado demais para interrogar aquele homem. Não iriam chegar a lugar nenhum, mas por outro lado seria tolice deixá-lo ir embora sabendo disso. A única esperança era preocupá-lo ao menos um pouco para que ele tivesse algo lhe torturando em casa enquanto esperava por algumas horas. Mas o quê? O homem estava seguro que nada poderia ser provado contra ele no que tange aos seus negócios, e provavelmente tinha razão. Tudo correra tão bem por anos... Mas então por que...

– Qual o motivo de brigarem?

– Brigar? Com quem eu teria brigado?

– Quem tinha os contatos na alfândega, o senhor ou ele?

– Que contatos?

– Arrumou outra pessoa para fazer o serviço do inglês? Seja lá o que houvesse de errado, ele não estava esperando por isso.

– Não havia nada de errado.

– Então reconhece que estava fazendo negócios com ele?

– Não reconheço nada. E não pode haver nada de errado com o nada.

– Ele o deixou entrar e virou as costas.

– Eu não estive no apartamento dele naquele noite e o senhor jamais conseguirá provar o contrário.

– No final pode ser que o senhor tenha de provar que não estava. O senhor era seu único contato.

– Então um ladrão invadiu o apartamento.

– Ninguém invadiu. Como o senhor mesmo nos disse, ninguém poderia invadir um edifício daqueles. E ninguém abre a porta para um estranho àquela hora.

– Não é problema meu. Eu não estava lá.

– Estou lhe dizendo, *signor* Cesarini, que pode virar problema seu, sim. Havia ao menos uma peça roubada naquele apartamento.

– Não é problema meu. O apartamento era dele.

– Mas é claro que não era. O senhor mesmo reconheceu. Ele não pagava aluguel, não tinha contrato de aluguel, nada disso. O apartamento é seu e ele estava lá na condição de sócio, não de inquilino.

Os olhos de Cesarini se voltaram para a janela, como se querendo escapar. O telefone tocou de novo.

– É para o senhor, é o *signor procuratore*.

– Pode me passar – o capitão esticou o braço e tocou a campainha na escrivaninha. – Bom dia, *signor procuratore*... falando... Sim, com certeza, pode esperar na linha um instante, estou aqui com alguém que está saindo agora – um brigadeiro entrou, respondendo ao chamado da campainha. – Leve este cavalheiro a uma sala de espera, por favor, brigadeiro, e lhe sirva um café da manhã.

– O senhor não pode me manter aqui!

— Espero que goste do café da manhã, *signor* Cesarini — ele esperou a porta fechar. — *Signor Procuratore*, por favor, desculpe... Bem, naturalmente, mas não tenho tido tempo desde que o senhor expediu o mandado de busca para... A imprensa... Sei. Não, para ser honesto eu nem vi o que eles publicaram ontem e nem hoje de amanhã, pois... Sim, eu sei disso, só estou tentando evitar qualquer escândalo desnecessário envolvendo o inglês... Bem, sim, tem... Não, nada do tipo, está tudo em meu relatório. Creio que não, ainda estamos procurando por isso. Se o senhor talvez pudesse encorajá-los a se concentrar no episódio com o ônibus valeria mais a pena do ponto de vista das manchetes, de qualquer modo. Sei... Bem, ele ficaria preocupado, é claro, mas... se o senhor acha que pode ajudar... Não, de jeito nenhum, claro que o senhor não interferiria.. eu não estava sugerindo... Sim, *signor procuratore*, cuidarei disto imediatamente. De forma alguma, seu conselho é sempre bem-vindo... Às três, então...

Após colocar o fone no gancho, o capitão fechou os olhos por um momento e deu um suspiro quase inaudível. Depois olhou para os dois ingleses. Jeffreys estava tão exausto, principalmente por causa da tensão de tentar acompanhar o interrogatório, que estava tendo dificuldades em se lembrar onde estava. Ficava o tempo todo engolindo bocejos e esfregando a mão sobre os olhos ásperos e pelos cachos despenteados. O inspetor-chefe estava mastigando seu cachimbo e olhando para o capitão sem mostrar sinal de cansaço. Parecia poder seguir indefinidamente sem dormir se fosse preciso, ou ao menos parecia achar que poderia.

— Isso não é bom — ele disse, tirando o cachimbo da boca e arqueando uma sobrancelha de modo interrogativo.

— Não é bom — concordou o capitão, entendendo. Ele deu um sorriso melancólico.

— Acorde, Jeffreys — disse o inspetor-chefe, dando-lhe uma cotovelada. — Quero falar com o capitão — mas eles dificilmente precisariam dos esforços capengas de Jeffreys para entender um ao outro. O interrogatório foi mal e ambos sabiam disso e, o que era pior, sabiam a razão. O homem era obviamente culpado quanto ao caso das antiguidades, mas não tinha medo de ser acusado do assassinato.

— Sabe o que me ocorreu? — disse o inspetor-chefe, meditando. — Ocorre-me que ele não só não tinha medo como estava visivelmente irritado. Irritado porque o senhor o pegou no apartamento, irritado de ter seu negócio atrapalhado, irritado até pelo inglês ter sido morto. E ainda assim, se ele não o fez, o senhor não suspeita dos amigos dele?

O capitão balançou a cabeça.

— Nem um pouquinho. Conhecemos Mazzocchio muito bem e o outro é sobrinho dele, um aprendiz de encanador e acho que ameaçar um motorista de ônibus com um cano para andar de ônibus de graça é o máximo que ele pode fazer, e não vai fazer isso de novo quando estiver com pressa depois que terminarmos com ele. Nenhum dos dois se qualificaria como matador de aluguel, nem mesmo com suas digitais por todo o apartamento e, até mesmo, na pistola.

— E assim não resta ninguém.

– Exatamente, *signor*, ninguém. Agora, se me dá licença, tenho que dar um telefonema. O *signor procuratore* sugeriu que dragássemos o rio perto da ponte Santa Trinitá por tratar-se do ponto mais próximo no qual o assassino em fuga poderia ter se livrado da arma – ele falou de modo sereno, mas a ironia transpareceu mesmo assim. Jeffreys entendeu e ficou desconcertado.

– Ele acha mesmo que vamos encontrar a arma?

– Duvido muito, mas o prefeito está aborrecido, de modo que é melhor que nos vejam fazendo alguma coisa.

– O prefeito? – Jeffreys não tinha certeza de haver entendido realmente.

– É, o prefeito. Todos os anos ele promove uma festa para todos os estrangeiros na cidade. É hoje à noite. A maioria é de ingleses. O prefeito está constrangido.

– Mas o inglês... – Jeffreys tentou concatenar algumas palavras em italiano. – Eles não... ele não tinha amigos, não gostavam dele...

– Não interessa. O prefeito está constrangido e vamos dragar o rio. Mas os senhores precisam dormir. Não há necessidade de comparecerem, não há razão... – mas o capitão já estava contente o bastante de participar, por algum motivo. Não sabia muito mais o que fazer.

O rosto de Jeffreys se iluminou ao pensar em se deitar, mas quando ele sugeriu isto ao inspetor-chefe, ele não se deixou impressionar.

– Não, não, não! Não perderíamos isso por nada no mundo, não é, Jeffreys? Gostaria de ver como vocês lidam com a situação, e tudo mais. Ademais, nunca se sabe, os senhores bem que podem achar a tal arma. Não, podemos dormir outra hora, vamos acompanhá-los – e então guardou o cachimbo no bolso de modo entusiástico.

"Tudo bem", Jeffreys pensou, desesperado. "Ele é um bom policial. E eu gostaria de estar na cama".

– Vamos acompanhá-los, obrigado – ele disse ao capitão com um sorriso debilitado.

O telefone tocou de novo quando o capitão já tinha feito suas ligações e estava de saída. Primeiro ele olhou para o aparelho com expressão intrigada, depois franziu o cenho enquanto escutava, tentando uma ou duas vezes, em vão, interromper a pessoa do outro lado da linha, finalmente entregando o aparelho ao inspetor-chefe.

– Imagino que seja para o senhor.

Era.

– Felicity estava preocupada com você, então eu disse que ia telefonar. Demorei um pouco para encontrá-lo, devo dizer, mas acho que o edifício aí é bem grande. Claro, achávamos que o senhor estava na cama, de modo que levamos bastante tempo para reparar que não viera, pois não queríamos perturbá-lo. Como não o ouvimos chegar, sabe, achamos que o senhor tivera uma noite pesada e estivesse deitado. Finalmente pensamos em levar-lhe uma boa xícara de chá e o senhor não estava lá, então Felicity ficou preocupada... não...não, de forma alguma! Claro, tenho sono pesado, bem, ambos temos. Normalmente estamos na cama às onze com um bom livro de suspense e acho que podemos dizer, com segurança, que já estamos dormindo por volta da meia-noite. Não, não ouvi som nenhum.

Então, agora, e quanto ao seu almoço? Sei... está? Que fascinante! Bem, preciso ir até o consulado e cuidar para que o corpo do senhor Langley-Smtyhe volte, eles receberam uma ligação do instituto médico-legal... Creio que o senhor poderá levá-lo ao voltar... Com certeza, darei uma passada na ponte para ver o que os rapazes estão fazendo. Que pena que o senhor teve de perder a missa de ontem à noite. De qualquer modo, esperamos vê-lo na hora do almoço. Felicity está fazendo um pudim de pão...

O marechal olhou para o *carabiniere* Bacci com seus grandes olhos redondos e sem expressão.

O brigadeiro sentado à escrivaninha sorriu:

– Tenho de acordá-lo?

– Sim... – disse o marechal lentamente, abotoando o sobretudo –, acorde-o e mande-o à Via Maggio para dar um descanso ao guarda que está lá de plantão. E diga a ele para tomar café da manhã no caminho. Volto dentro de mais ou menos uma hora... – ele ficou mais um tempinho parado, olhando para a figura dobrada e adormecida e então saiu, caminhando lentamente sobre o grande arco. Estava trêmulo, mas sentia-se melhor. Contanto que não exagerasse... e, afinal, não teria que ir muito longe. Quando desembocou no tribunal lotado de carros, foi ofuscado pelo sol brilhante. Suspirou e enfiou uma das mãos no bolso do sobretudo à procura dos óculos escuros.

– Glória...! – murmurou o inspetor-chefe. Ele havia fechado os olhos durante a corrida de carro, sem dormir, apenas descansando os olhos, ciente dos flashes intermitentes de luz brilhante, mas quando o carro emergiu da sombra azul e fria da Via Maggio e parou na ponte Santa Trinitá, a luz lhe arrombou os olhos.

– Não dá para pensar que é o mesmo lugar – concordou Jeffreys, saindo do carro, tenso e piscando os olhos.

Sentiram como se, até agora, estivessem tateando em um palco mal iluminado e de arrumação complicada no qual alguém subitamente acendeu todas as luzes. Eles esticaram os membros cansados e observaram. As estátuas de mármore branco em cada um dos cantos da ponte brilhavam como se estivessem em movimento, suas cabeças tinham a silhueta demarcada claramente em preto contra um profundo céu azul ao fundo. Do outro lado do rio havia as partes superiores dos palácios, com suas ameias, torres góticas, tetos ocres e um redemoinho de tráfego anárquico conduzido por um *vigile* de capacete branco. Todo o movimento era mais rápido, todo o barulho mais alto sem o efeito silenciador da neblina, mas o rio corria lentamente, macio e verde-oliva, seguindo para uma rede distante de árvores nuas que indicavam o parque. Além das árvores, uma linha de reluzentes topos de montanha se esticava pelo horizonte como uma miragem.

Após se reajustarem a este novo mundo, os dois ingleses começaram a tentar abrir caminho pela multidão que se pendurava no parapeito perto do disputado vendedor de árvores de natal, para ver o que estava acontecendo.

Os mergulhadores já se preparavam para deixar o barco de borracha logo abaixo do dique. Rumores bastante elaborados sobre o que eles poderiam estar procurando abundavam entre o grupo cada vez maior de espectadores, alguns dos quais carregavam pastas ou blocos de papéis de escritório, outros carregavam sacolas de lojas do outro lado do rio, outros puxavam carrinhos de mão ou bicicletas de entrega. Alguns motoristas pararam seus carros no meio da ponte para vir dar uma olhada.

– Ninguém aqui tem que trabalhar? – murmurou o inspetor-chefe irritado, acotovelando-se para abrir caminho.

– Esse é o passatempo nacional – explicou Jeffreys, lembrando da senhorita White e imaginando brevemente por que ela não estava ali naquele momento.

– Dai-lhe, Senhor, o descanso eterno e que a luz perpétua a ilumine...

O coroinha deu a volta ao redor do caixão, atrás do padre, carregando a água benta. Ouvia-se um som embotado cada vez que o padre mergulhava o aspersório dentro dele. O coroinha estava de nariz vermelho. A igreja de San Felice era gelada tanto no inverno quanto no verão; as pedras de suas paredes do século XII exalavam o frio acumulado por oitocentos invernos. As fendas das janelas chumbadas de um dos lados jamais foram tocadas pelo sol.

– Que ela descanse em paz...

O padre voltou ao altar e o réquiem continuou.

O marechal estava sentado na parte de trás, à direita, apesar de a igreja estar quase vazia. Ele se fez notar, apertando a mão de Cipolla, quase irreconhecível dentro de uma barata capa impermeável verde com tarja preta nos braços, depois se retirou para a parte de trás, para o caso de ter de sair. Ainda estava se sentindo fraco, e o frio mortal dentro da igreja sombria penetrava até mesmo seu pesado sobretudo. Não estava sozinho na parte de trás; veio também uma mulher pequena com um casaco de pele comprido e fora de moda, e uma boina de lã. Ela pareceu genuinamente contente em vê-lo, como se fossem velhos amigos, e sentou ao seu lado. Quando se ajoelharam para a consagração, ele reparou que ela estava usando tênis de corrida. Ele tinha certeza de já tê-la visto antes, mas não se lembrava de onde. O marechal ficou ligeiramente tonto ao se ajoelhar e se viu obrigado a sentar e fechar os olhos. O pesado cheiro de vela se misturava ao perfume picante das flores empilhadas na entrada. Manteve os olhos fechados, respirando profunda e firmemente, e as mãos largas repousando nos joelhos.

– Senhor, não sou digno que entreis em minha morada, mas dizei uma só palavra e minha alma será salva.

– Senhor, não sou digno...

O marechal abriu os olhos. Cipolla permaneceu ajoelhado; sua irmã e seu cunhado se levantaram para fazer a comunhão, seguidos por um pequeno grupo de mulheres vestidas de preto que pareciam ao marechal estar sempre presentes em todos os funerais de todas as igrejas na Itália... como verdadeiros abutres. Um pensamento obsceno que ele tentou descartar...

As velas compridas em castiçais de latão em frente e dos lados do caixão no corredor central adejavam e cuspiam cera ao receber a corrente de ar que vinha da porta. Dava para ele ver a fumacinha de sua respiração.

– Senhor, não sou digno...

O marechal achou difícil tirar a vista das duas chamas altas; elas começaram a se fundir em uma só.

– Dizei uma só palavra e minha alma será salva...

Alguém devia ter fechado a porta da igreja. A cabeça do marechal reverberava por causa do frio, as chamas cresciam e se aproximavam dele, subjugando-o com o odor farto de flores...

– Dizei uma só palavra e minha alma será salva... Abutres sobrevoando o castiçal... não...

– Dizei uma só palavra...

– Aqui – ordenou um sussurro alto em inglês. – Cheire isto. Apoie-se em mim.

A senhorita White escorou o corpanzil oscilante do marechal no banco e enfiou seus sais aromatizantes debaixo de seu nariz. Deu certo. Ele piscou os olhos e se endireitou.

– Mas que diabo...? – ele quase se esquecera de onde estava.

– Não adianta falar comigo. Não sei falar nem uma palavra. Mas o senhor precisa sair para respirar ar fresco. Um pouquinho de sol. Vou levar seu chapéu.

O marechal se permitiu ser conduzido em direção à porta cheia de flores e à luz da *piazza*. Seus olhos começaram a lacrimejar imediatamente.

– Está tomado pela dor – disse a senhorita White para os homens de sobretudo preto da funerária, que prontamente apagaram seus cigarros atrás do carro fúnebre, quando viram as pessoas saindo. – Vou comprar-lhe um café. Vamos lá! Apoie-se em mim, se quiser!

– *Signora*! – o *barman* da esquina saudou a senhorita White quando ela entrou escorando o grande homem. – E o marechal, está melhor? Está pálido.

– Ele precisa de um drinque – instruiu a senhorita White.

– E eu também. Aquela igreja está um gelo. Dois cafés com bastante *grappa* neles!

– Imediatamente – respondeu o *barman*. – Devo levar à mesa? – havia duas pequenas mesas redondas no bar.

– *Si!* Sim, é melhor. Ele precisa se sentar.

Quando o *barman* trouxe seus cafés com *grappa*, o marechal esfregou os olhos e se recuperou o suficiente para se lembrar onde vira a senhorita White antes; ali mesmo no bar, olhando para a *piazza*. Ele a vira do ponto onde costumava ficar observando a vista, da esquina da igreja.

Ele levantou os olhos para o *barman*.

– Eu não sabia que falava inglês.

– Eu? Não falo.

– Bem, como consegue conversar com ela?

O *barman* ficou confuso.

– Bem... ela vem aqui há anos... Nunca pensei realmente nisso. Simpática, não acha?

– Ela é. Conhecemo-nos no funeral, não me senti muito bem.

– Ah, aquela pobre mulher... e sem filhos, também...

– Gostaria de saber por que a *signora* inglesa estava lá, se achar que pode...

– Ah, posso lhe dizer isso... A *signora* Cipolla, Deus a tenha, trabalhava lá – o *barman* fez menção à entrada do número cinquenta e oito. – Não para a *signora*, o senhor entende. Apesar de que acho que ela costumava visitá-la, mas para o inglês lá de baixo, apenas por poucas semanas, mas por outro lado, o próprio Cipolla trabalha lá, então...

– Entendo.

Um coro de buzinas furiosas começou do lado de fora e o marechal, a senhorita White e o *barman* automaticamente foram até a porta para olhar. O marechal pôs os óculos escuros.

Uma perua estava estacionada no meio da rotatória onde se encontravam as avenidas. No local, um homenzinho usando um casaco de lã quadriculado sobre calças sujas de tinta e um saco de papel marrom enfiado na cabeça começava a descarregar duzentas molduras grandes em madeira entalhada, com efeito de envelhecimento e pintadas com tinta dourada. O jovem *vigile* ajustou seu capacete e suas luvas e caminhou em direção à cena resolutamente.

– Pobre jovem – murmurou o marechal.

– Hum, e ele já esteve em uma briga hoje – acrescentou o *barman*, acendendo um cigarro. – Um motorista de ônibus alemão deu trabalho. O *vigile* tentou ajudá-lo a manobrar o grande veículo pela Via Maggio, mas não percebeu que o caminhão do leite havia acabado de estacionar lá. O pobre rapaz não conseguia ver, não com aquele ônibus na frente, o motorista devia ter prestado atenção, mas os alemães... – ele bateu no batente de madeira da porta para ilustrar a inflexibilidade da raça.

– Esqueça os alemães – disse o marechal, enfiando as mãos no fundo dos bolsos. – Ele agora vai ter de encarar um italiano...

Mas o jovem *vigile* era intrépido. Ele abordou o sujeito de chapéu esquisito, que nesse momento já retirava outras molduras de dentro da perua, ajustou seu capacete outra vez e disse educadamente:

– Mas o senhor não pode descarregar isso tudo aqui, sabia?

O outro se inflou ligeiramente por um segundo e respondeu sem virar a cabeça, de modo a poder fingir que não sabia quem era.

– Ah, não? Bem, parece que agora eu já descarreguei, não é?

O *vigile* hesitou, evitando os olhos dos espectadores mais próximos e tossindo um pouquinho sobre a luva. Ele não poderia anunciar pomposamente "sou um *vigile*" sem se fazer de idiota imediatamente, e sabia que o outro ficaria de costas indefinidamente, se preciso fosse. Ele optou por uma abordagem mais indireta.

– Existe uma lei contra descarregar aqui.

– Ah, é? – ele ainda estava de costas, e piscava para os membros da plateia que podiam ver seu rosto. – E quem é você que sabe tanto da lei?

As pessoas riam. Ponto para o motorista. Capitalizando em cima disso, o homenzinho virou a cabeça e então agarrou seu chapéu de papel, horrorizado:

– Meu Deus! O *vigile*! – e começou a se desculpar de modo grosseiramente exagerado. As pessoas adoraram. Mais gente foi se juntando, clientes saíram do banco para assistir. Janelas se abriram no alto dos edifícios. O jovem *vigile* estava com o rosto vermelho, mas ele já trabalhava naquele ramo há tempo suficiente para saber que, se perdesse a calma, estaria arrasado. Disse baixinho:

– Tire essas coisas daí, está bloqueando a passagem.

Mas era impossível, como o motorista alegou, ouvir alguma coisa em meio àquelas buzinas e o barulho dos motores.

– Tire estas coisas daí! É contra a lei descarregar aqui.

– Ah – disse o motorista, acenando e fazendo uma voz aguda para que chegasse à galeria superior –, é contra a lei, é? E quem exatamente fez esta lei, pode me dizer?

– Isso não interessa, simplesmente obedeça! – era a pior coisa que ele poderia ter dito. O motorista deitou e rolou.

– Ah é? E o que somos nós, então? Alemães? – ele se virou para as pessoas e abriu as mãos: – Nós somos todos italianos ou não somos? E estas leis são feitas para nosso benefício ou não? E nós temos ou não temos o direito de saber...

– Certo, certo! O governo faz as leis e a *comune*...

– O governo, hein? Os democratas cristãos – ele explicou ao público. – Aquele pessoal lá de Roma. Será que esses democratas cristãos sabem? Será que eles se dão conta que Gino Bertellini, que sou eu, um florentino, como toda essa boa gente aqui – ele fez um gesto com a mão, incluindo o marechal, a senhorita White, o napolitano e, até mesmo, um grupo de estudantes americanos que passava comendo *pizza* –, tem que entregar estas molduras para aquela loja perto do banco antes das onze horas, do contrário provavelmente perderá o emprego? E será que esses democratas cristãos, em sua grande sabedoria, oferecem um lugar para estacionar e descarregar? E então?

– Ele está certo – a multidão começou a murmurar.

– Claro que ele está certo – disse em voz alta o churrasqueiro, que estava esperando uma entrega de galinhas que seria descarregada naquele mesmo lugar a qualquer momento.

– Mas o mesmo vale para todos – começou o *vigile*. – Todos temos de ser igualmente...

– Olha! Ele é comunista! – satirizou o motorista, provocando mais risadas.

Os motoristas que a essa altura já tinham se divertido o suficiente começaram a colocar seus motores em movimento e a se debruçar sobre as buzinas insistentemente. Alguns colocaram a cabeça para fora da janela para xingar o *vigile* por não saber fazer seu serviço. A pequena *piazza* estava tomada por fumaça de carro. Um motorista elegante com um casaco de pele de colarinho enorme se aproximou a pé, vindo do final do engarrafamento, que se estendia até o rio, só para perguntar se estavam servindo chá, pois se fosse o caso ele queria ser convidado...

– Estou fazendo o melhor que posso! – gritou o perturbado *vigile*. – E ninguém vê isso. Todo mundo me culpa, não importa o que eu faça, se eu tento tirar este cara do caminho, sou um alemão, e se não desbloqueio o caminho, não sei fazer meu serviço!

– Ele tem razão, pobre rapaz – disse uma mulher carregando um pedaço de repolho em uma sacola plástica. Ela tinha um filho militar que estava a serviço da pátria.

– E o que estou tentado fazer, desculpe? O que pensa que estou tentando fazer? – o motorista bateu na pilha de molduras. – Por acaso sou algum milionário fazendo isso por diversão?

A multidão logo se dividiu em duas facções e todos começaram uma discussão à parte.

– Marechal! Marechal! – gritou a mulher com o repolho ao ver sua figura corpulenta à porta do bar. Mas o marechal recuou, abrindo as mãos para indicar que não podia interferir.

Então o homem da papelaria parou majestosamente no meio da estrada:

– Será que se dá conta – ele ribombou com uma voz que silenciaria o mais tumultuado tribunal – que está acontecendo um funeral nessa *piazza*?

A multidão parou de discutir.

O motorista afundou o chapéu de papel na cabeça e se coçou, desnorteado.

– O que o funeral tem a ver com isso?

– Tem a ver que temos de respeitar a falecida, uma vizinha nossa, cujo funeral está ocorrendo nesse momento e não pode ser levado ao cemitério por causa deste engarrafamento desgraçado. Ai da Itália! E ai dos italianos que não podem nem ter um funeral digno!

O homem da papelaria recuou lentamente, fazendo o sinal da cruz.

Todo mundo olhou para a igreja. Era verdade. O caixão fora colocado no carro fúnebre, com as coroas de flores penduradas no lado de fora. O cortejo não podia seguir e a família estava parada, imóvel, à porta da igreja. O padre, ainda usando sua capa púrpura, estava com a mão no ombro parcialmente coberto do homenzinho.

– Bem – murmurou o motorista do chapéu de papel –, eu não sabia, não é?

– Você nem quis saber a quem estava bloqueando – observou o homem da papelaria.

– Como vamos fazer? – murmurou o motorista, começando a misturar as molduras melancolicamente. O companheiro do *vigile* aproximou-se, vindo de seu posto na ponte para ver o que estava se passando. Após uma rápida conferência, chegou-se a um acordo e os dois *vigili* e o motorista começaram a carregar as molduras apressadamente da perua para a loja. O mais jovem dos homens de sobretudo preto do carro funerário também foi ajudá-los e a senhorita White saiu correndo do bar com seus tênis de corrida e tentou pegar uma moldura.

– Obrigado, *signora*, obrigado – disse o motorista, adiantando-se a ela.

– Não adianta falar comigo – a senhorita White disse, arfando e levantando a moldura a poucos centímetros com dificuldade. – Estamos aqui para ajudar uns aos outros.

Então se ouviu um tiro.

O barulho ecoou ao redor da *piazza*, de modo que foi impossível saber ao certo de onde veio. As pessoas começaram a gritar e correr para se abrigar nas entradas das lojas, outros ficaram parados olhando, sem saber o que pensar. Em meio ao barulho e à confusão que se seguiram, o marechal, cuja vista da igreja estava bloqueada pela perua, pensou de imediato no pequeno faxineiro – "é o fim do mundo" – e começou a correr em direção ao carro fúnebre. Mas Cipolla ainda estava lá, perplexo, com a mão do padre em seu ombro, e então as pessoas gritaram:

– Marechal! Ali! – ele virou de repente e foi até o banco, mas o guarda do banco saiu correndo, de arma na mão, pela porta de vidro e entrou correndo no edifício de número cinquenta e oito.

– Não...! – murmurou o marechal, correndo atrás dele. – Não é possível...

– Ambulância! – gritou o guarda do banco, correndo novamente e colidindo com o marechal.

– O que houve? – gritou o atônito marechal, virando a esquina que dava para a porta do apartamento do inglês. – O quê?

O *carabiniere* Bacci estava ajoelhado ao lado de uma mulher semiconsciente em frente à porta.

– Ela levou um tiro – ele murmurou, levantando os olhos, a boca tão seca que mal conseguia articular as palavras. Um saco de plástico contendo duas grandes garrafas de água mineral havia arrebentado no chão e a água se espalhava pelos ladrilhos, parte dela manchada de vermelho.

– Ela levou um tiro – ele repetiu, com os olhos completamente arregalados. – Bem na minha frente.

Parte 3

1

O marechal tirou o casaco e o acomodou debaixo da cabeça da mulher, sobre os ladrilhos. Ela era rechonchuda e tinha uma série de cachos grisalhos bem arrumados sobre a testa. A mulher soltou um gemido fraco, aparentemente mais de medo do que de dor. Pelo jeito, o ferimento fora na coxa. O marechal tirou os óculos para olhar. Havia muito sangue, mas provavelmente era apenas um arranhão, do contrário ela estaria sentindo muita dor.

– *Signora* – o marechal disse baixinho –, está sentindo muita dor?

– Não... Não sinto nada – ela estava olhando para ele com os olhos semicerrados, sem expressão, mas subitamente os abriu, alarmada. – Eu vou morrer? – perguntou a mulher ao ver a silhueta escura do padre que seguiu o marechal e agora também se debruçava sobre ela.

– Nada disso – disse o marechal. – É só um ferimento superficial na perna. A ambulância logo vai chegar.

– Ponha meus sapatos... meus sapatos... – uma lágrima rolou do canto do olho da mulher. – E as compras... – ela tateava ao redor com mãos fracas, tentando recompor seu mundo.

– Esqueça as compras, agora. Seus sapatos estão aqui, comigo, vamos colocá-los na ambulância. Acha que pode nos contar o que aconteceu?

– Eu não entendo... ah, Mãe de Deus! O que aconteceu, o que aconteceu comigo!

– Fique calma, *signora*, vai ficar bem, mas, por favor, tente me dizer... o tiro veio pela frente, então a senhora deve ter visto... foi alguém conhecido?

Mas o olhar atônito da mulher se movia rapidamente de uma a outra silhueta escura que bloqueava seu mundo normal, e só conseguia repetir:

– Eu não entendo... – e então perdeu a consciência.

– Se tem certeza que não é nada sério – disse o padre –, é melhor que eu volte. Tem o funeral...

– Fique calma – ordenou o marechal, abrindo ambas as portas principais do edifício e tentando manter a multidão murmurante do lado de fora. – E fiquem longe, senão a ambulância não vai poder chegar aqui!

Lá dentro, a mulher ainda estava inconsciente, guardada pela senhorita White, para quem o marechal acenou da *piazza*.

O *carabiniere* Bacci fora despachado para trazer o capitão e o inglês que ainda estavam trabalhando no rio, de acordo com o *vigile* que viera da ponte. Eles chegaram depois da ambulância.

– Sabe quem ela é? – o capitão perguntou enquanto a

paciente era levada.

— Empregada de Cipriani — disse o marechal. — Costumo vê-la fazendo compras na *piazza* depois de levar as crianças à escola. A esta hora ela costuma levar a menor do jardim de infância para casa, mas...

— Onde foi o ferimento?

— Na coxa, nada...

— A menina estava com ela? *Carabiniere* Bacci! — ele se virou para o jovem. — A menina estava com ela?

— Não vi...

— Você não viu quem deu um tiro bem debaixo do seu nariz, seu maldito! — entrou às pressas no edifício. O marechal deu um tapinha no ombro do garoto.

— Tenho certeza de que a criança não estava com ela, senhor.

— Claro que não. A escola fechou ontem para o Natal.

A *piazza* estava sem carros. Os dois *vigili* e a multidão ficaram esperando em silêncio. A ambulância fez a curva e saiu em velocidade pela Via Maggio vazia, em direção à ponte, com a sirene uivando. Mais adiante, o cortejo fúnebre finalmente seguiu seu rumo e o fardo de flores vivamente coloridas só podia ser avistado à distância na rua fria e sombria onde um retângulo de luz brilhante indicava o rio. Perto da ponte, viram o cortejo dar passagem à barulhenta ambulância.

— Bem... acho que... — o inspetor-chefe virou-se e deu de cara com os olhos marejados do marechal. Ele havia saído sem seus óculos escuros. — Está... tudo bem?

— Estou bem, perfeitamente bem — disse o marechal,

percebendo o olhar perplexo do inspetor-chefe enquanto enxugava as lágrimas. – É a luz do sol que faz isto – ele explicou lentamente, apontando para cima. Foram voltando pela passagem.

A senhorita White pegara o casaco do marechal e estava tentando limpá-lo com um pequeno lenço de mão.

– Toda essa confusão... – disse ela ao vê-los. Jeffreys observou o rosto do inspetor-chefe ao se dar conta do casaco de pele e dos tênis de corrida. – E quem vai limpar tudo isso?

As compras dos Cipriani continuavam jogadas em frente à porta do elevador, perto de uma sacola com pedaços de vidro verde. Havia uma enorme poça de água com sangue.

– É a empregada do apartamento dos Cipriani, não é? Ouvi quando disseram o nome dela no bar... Martha, ela se chama, uma boa mulher, também. Vai ficar um tempo sem fazer faxina, tem a empregada dos Cesarini, mas não podemos pedir a ela, não é sua função, além de ser desagradável também, ela pode acabar achando que vai ser a próxima, e não se pode contar com o pobre *signor* Cipolla, que está lá no cemitério, de modo que terei que fazê-lo eu mesma. Bem, estamos todos aqui para nos ajudar mutuamente. O senhor já tem coisas demais a fazer... tem de seguir em frente e descobrir o assassino antes que acordemos todos mortos... – o monólogo era o mesmo de sempre, mas o rosto dela estava muito pálido e as mãos, que dobravam e desdobravam o lenço manchado, estavam trêmulas. Ela começou a subir as escadas.

– Senhorita White? – chamou o inspetor Jeffreys, que

fez então uma pausa.

Sem se virar, ela parou e disse:

– Não vi o *signor* Cesarini hoje...

– Não, ele está, como dizem, nos ajudando com a investigação.

Ela virou parcialmente agora.

– Não gostaria de perder minha casa, meu pequeno museu. É minha vida... o senhor entende?

– Eu entendo.

– Eu sei que parecia ele, mas ainda assim eu não poderia jurar que era... se eu tivesse visto de frente...

– Não se preocupe por enquanto... mas, mesmo assim, senhorita White, se não se importa, mantenha sua porta trancada até segunda ordem. Não deixe ninguém entrar, ninguém mesmo.

– Mas eu tenho que... abrir para o público, sabe.

– Senhorita White, eu lhe peço por favor...

– Manter a porta trancada. Certo. Limpar esta sujeira...

– Ainda não. A senhorita não deve tocar em nada aqui até que a polícia tenha terminado, e não deixe ninguém entrar em seu apartamento! – mas ela já tinha se retirado.

– Esta é nossa testemunha, não é? – disse o inspetor-chefe, revirando o cachimbo apagado nas mãos.

O capitão estava descendo as escadas com pressa, ainda com o chapéu na mão.

– A menina está no apartamento, ela está bem. As aulas acabaram ontem, então... – olhou para o marechal. – O senhor sabia disso, é claro...

– Mas o senhor estava certo de pensar na criança, considerando-se o local do ferimento. Ela viu alguma coisa?

– Ouviu alguma coisa. Vamos entrar, tenho de dar uns telefonemas – ele destrancou o apartamento.

– Vou ficar aqui – disse Jeffreys, mas o marechal já havia instalado o corpanzil na parte de fora da porta, e o capitão já estava ao telefone.

– Não, não, vou cuidar das coisas aqui, eles não precisam de mim por lá... – disse o marechal.

Jeffreys pediu ao *carabiniere* Bacci para explicar o problema com a senhorita White, que logo desceria para limpar tudo.

– Ela não irá entender o que dizem a ela – e, voltando-se para o *carabiniere* Bacci, disse:

– Sei que você poderia dar conta, mas tem de fazer seu relatório...

O marechal entrou no recinto empoeirado e assoou o nariz, parecia constrangido. Por sua vez, o *carabiniere* Bacci começou a fazer seu relato. As mãos do rapaz tremiam e ele tentava o tempo todo escondê-las.

Ele estava de guarda à porta desde as 9:45 da manhã. A primeira pessoa que ele viu foi a moça eritreia que entrou no edifício atrás dele, envolta em um manto verde de tecido à prova d'água e com seu véu muçulmano branco. Trazia duas sacolas de compras e apertara o botão do elevador. Ficou por um certo tempo esperando que ele descesse, já que alguém havia acabado de chamá-lo, provavelmente o *signor* Cipriani, que saiu do elevador quando ele chegou ao térreo e disse "bom dia" ao *carabiniere* Bacci. Ele carregava sua pasta. Antes que a moça eritreia pudesse fechar a porta do elevador, Martha, a empregada dos Cipriani, veio correndo pelo canto, arfando, a tempo de subir com ela.

Poucos minutos depois a senhorita White desceu as escadas.

– Pelo jeito nunca usa o elevador – falou de modo veemente e aparentemente encorajador com o *carabiniere* Bacci, apesar de que ele não tinha certeza sobre o que ela havia dito.

Saíra do edifício para só retornar naquele momento. Quase imediatamente, Martha, empregada dos Cipriani, desceu pelo elevador e saiu, retornando uns vinte minutos depois com duas sacolas, uma de gêneros alimentícios e outra de água.

– Ela chamou o elevador?
– Sim, senhor.
– E ele desceu imediatamente ou estava ocupado?
– Desceu imediatamente, senhor.
– Tem certeza?
– Sim, senhor.
– E estava vazio ao chegar?
– Sim...
– Você não tem certeza. Olhou?
– Sim, senhor.
– E então?
– Olhei, senhor, mas se alguém estivesse lá dentro agachado...

Verdade. A janela na porta externa do elevador era estreita e ficava ao nível dos olhos. A chave da empregada ainda estava na porta do elevador. O capitão abriu. As janelas das portas duplas eram maiores, mas iam até o nível da cintura, de modo que uma pessoa agachada...

– Ela abriu as portas?

– A porta externa, sim, mas então ela...

– Ela o quê?

– Ela não entrou imediatamente... ela se inclinou para frente um pouquinho...

– Inclinou-se para frente? Como? Por quê?

– Não sei bem, senhor, mas acho que ela não havia aberto a porta interna quando atiraram.

– Você disse que ela estava com duas sacolas de compras – disse o marechal do canto onde estava.

– Sim, senhor.

– Então ela devia ter posto ao menos uma delas no chão para pegar a chave e abrir a porta do elevador.

– Sim, creio que teria de fazer isto, senhor... Só que, como o elevador veio vazio, eu meio que... – o infeliz *carabiniere* Bacci corou profundamente.

– Parou de olhar – completou o marechal, brandamente. – Nunca pare de olhar, *carabiniere* Bacci. O mais provável é que ela tenha se abaixado para pegar as compras antes de destrancar a porta, já que a porta interna pode ser simplesmente empurrada; ela dobra para dentro.

– Sim, senhor.

– Mas a chave dela ainda está na fechadura – disse o marechal, mais brandamente que nunca.

– Senhor?

– A chave dela, *carabiniere* Bacci, ainda está na fechadura. Ela primeiro tiraria a chave, antes de pegar as compras e entrar no elevador, não é?

– Eu... sim...

– E deixar de reparar nos puros fatos do cotidiano não ajuda em nada – murmurou o marechal. Pegou um lenço grande e se virou para assoar o nariz vagarosamente.

– Tem certeza que ela se abaixou? – perguntou o capitão.

– Eu... é só uma impressão que tive, senhor, do canto do olho... mas imediatamente depois disso veio o tiro e ela caiu.

– Você olhou dentro do elevador na hora?

– Eu... não, senhor, fui ver se a mulher...

– Você não olhou mesmo para o elevador?

– Não, senhor – murmurou ele. – Mas eu estava parado em frente a ele, de modo que ninguém poderia ter saído dele.

– Mas poderia ter subido?

– Não poderia não, senhor, porque a porta externa ainda estava aberta. O elevador não funciona com a porta externa aberta.

E o marechal chegou logo em seguida.

– O senhor não viu ninguém? – o capitão se voltou para o canto onde estava o marechal.

– Não havia ninguém lá, senhor – ele estava procurando os óculos escuros nos bolsos.

– Bem, podemos interrogar os moradores, mas está começando a parecer que a coitada da mulher atirou em si mesma, por acidente, é claro. Ela podia estar carregando a arma para outra pessoa... Bem, vão vasculhar suas roupas no hospital, e assim que os médicos permitirem, um teste de parafina... Algo errado, marechal?

– Não, senhor, não... nada... A bem da verdade, se o senhor não precisar de mim aqui, tenho algumas coisas a resolver em meu escritório... – ele estava se dirigindo, quase imperceptivelmente, em direção à porta.

– Entendo – disse o capitão com arrepiante cortesia. – Sem dúvida está preocupado em colocar sua papelada de trabalho em ordem. Vai passar o Natal em casa, imagino.

O marechal resmungou palavras incompreensíveis, concordando.

– Sem dúvida, então. Não há mesmo muito mais que possa fazer por aqui.

– Levarei o *carabiniere* Bacci comigo. O senhor vai querer seu relato por escrito, imagino. Ele vai precisar de um pouquinho de ajuda...

– Imagino que sim. Gostaria de ter o relatório em minha mesa antes das duas. Tenho um encontro com o promotor substituto às três.

– Às três... o senhor talvez deva adiar por uma ou duas horas..., considerando-se as circunstâncias...

– Devo. Mas quero este relatório na minha mesa às duas.

– Às duas. *Carabiniere* Bacci... – eles saíram em silêncio. O inspetor-chefe olhou para eles, sem saber o que se passava.

Não houve tempo para especulação. Imediatamente depois que eles se retiraram, Jeffreys abriu o portão outra vez. O doutor Biondini trouxera dois de seus zeladores da galeria

Palatine para remover o busto de maiólica e havia montes de papéis para o capitão assinar. Era menos uma dor de cabeça para o capitão, mas Biondini pareceu perturbado.

– Vou lidar com a papelada deste negócio por um ano...

Ainda estavam embalando o busto quando os técnicos chegaram.

– Podemos acender as luzes aqui dentro? Vamos levar tudo isso aqui conosco...

O capitão tentou lhes dar instruções enquanto lidava com o super ansioso Biondini.

– Onde assino? Com certeza já fizemos isso aqui duas vezes.

– Sim, tem que ser em três vias... e aqui... deixe este, preencherei as datas depois...

– Capitão? – Jeffreys voltou novamente. – Creio que esta senhora...

– Com licença, por favor, só gostaria de perguntar uma coisa.

Ao ver a *signora* Cipriani atrás de Jeffreys, o capitão jogou os papéis para Biondini e foi até a porta.

– A menina...?

– Ela está aqui comigo... o senhor disse para não deixá-la sozinha, então... É só que eu estava pensando se haveria problema eu ir ao hospital quando Vincenzo chegar em casa... depois do almoço. Pobre Martha...

– Não. Acho melhor a senhora ficar no edifício até eu ter certeza que não há mais nenhum perigo, e não abra a porta para ninguém.

– Sim, claro. Pobre Martha, e no Natal... sua filha chega hoje... eu queria oferecer...

– Sim, entendo, mas devo lhe pedir para ficar aqui no momento. Eu lhe aviso assim que puder... e fique com a menininha – Giovanna estava em frente à porta aberta do elevador, onde estava claro que lhe mandaram ficar. De vez em quando ela dava uma espiada e ameaçava Jeffreys com uma pistola de água cor-de-rosa. O capitão observou-as entrando no elevador, fechando as portas e subindo, e então se virou para os técnicos. – Eu sei que é pedir muito, mas se puderem me retornar algo por escrito, por mais incompleto, ainda esta tarde... Eu tenho de estar com o promotor substituto às três, a não ser que consiga atrasar...

O marechal estava matutando na poltrona do escritório. Uma cópia do relatório do *carabiniere* Bacci sobre a descoberta do corpo estava em frente a ele, sobre a escrivaninha. O *carabiniere* Bacci estava ao lado dele. Seu casaco estava desabotoado, mas o marechal dissera, sem levantar os olhos:

– Não tire – e começou a matutar sobre o relatório. Deu um suspiro, enfim, e afundou um pouco na cadeira. – Você terá que escrever este relatório outra vez.

– Senhor...?

– Escreva novamente. Com precisão.

– Sim, senhor... mas o capitão estava comigo quando...

– O capitão, infelizmente, não estava com você quando chegou à Via Maggio da primeira vez, do contrário...

– Mas eu achei... eles disseram que Cesarini...

– Que está ajudando o capitão com a investigação.

Mas ele não matou o inglês, e provavelmente não sabe quem fez isso. Só você sabe disso.

Subitamente, o rosto pálido do *carabiniere* Bacci ficou vermelho. Ele começou a tremer.

O marechal virou seus grandes olhos para ele com tristeza.

– Traga-me Cipolla. Ele já deve ter voltado do cemitério.
– Cipolla...
– O faxineiro.
– Sim, senhor.
– Vamos tomar seu depoimento novamente, eu e você juntos. Ele estava muito amedrontado, *carabiniere* Bacci.
– Sim, senhor – ele estava murmurando, sua garganta estava seca demais para falar.
– Ele me queria. Eu estava doente, é verdade, mas admito que estava contente por ficar fora de tudo isso... por não ser o escolhido... não sou competente... e ele estava com medo de você, do capitão. Traga-o até aqui, *carabiniere* Bacci, e peça desculpas por fazer isto no dia do funeral. Diga que estou aqui e que estou à espera dele. Que ele pode me contar.
– Sim, senhor – murmurou o *carabiniere* Bacci.

O inspetor-chefe observou Jeffreys lutar contra a exaustão e, ao ver que conseguiu, sugeriu que todos saíssem para almoçar e descansar.

– Sabe do que eu mais gostaria, Jeffreys, mais que tudo? De uma cerveja. Será que temos alguma chance de conseguir uma?
– Fácil – estavam cruzando o rio em uma radiopatru-

lha. – Vou pedir a ele para nos deixar no bar perto das árvores de natal, então estaremos a apenas dois minutos da casa do vigário.

– E da torta de carne de Felicity.

– Exatamente – nenhum dos dois jamais imaginaria que se dariam tão bem. Um testemunhou o outro sendo pressionado, o inspetor, moralmente, e Jeffreys, fisicamente, e viram que ambos tinham espírito de luta. Agora ambos sentiam-se muito ingleses e com muita saudade de casa. A ideia de tomar uma rápida cerveja antes do almoço tinha um apelo familiar.

O *barman* estava de pé sobre um pequeno banco, retirando uma das caixas azul e prata que continham bolos de Natal e que pendiam do teto, agrupadas.

Uma motorista de ônibus estava bebendo uma taça de vinho tinto no outro canto do bar e recontando uma história para três ouvintes, em tom acalorado. Ele tinha um pequeno curativo na testa.

– Aquele não é o tal motorista...? – o inspetor-chefe estava olhando duramente para ele.

– Sim, tenho certeza que é – Jeffreys tentou escutar o que ele estava dizendo.

– Bem, vocês sabem como fica estreito depois de passar o cruzamento... mal tem lugar para duas pessoas caminharem, pelo que avalio, o ônibus já era.

– Você bateu no vidro dianteiro?

– Devo ter batido, é difícil lembrar... – na verdade, ele desmaiou depois de ser resgatado e bateu com a cabeça no espelho do carro do *carabiniere*. – Você também não ia lembrar, sentindo o cano de um revólver nas costas... – ele interrompeu a narrativa ao perceber que já havia visto aqueles dois ingleses que o observavam na noite anterior, na delegacia. Ele se virou e continuou a falar em tom mais moderado.

– Sente-se melhor, Jeffreys?
– Muito melhor.
– Então, se não for muito tarde, torta de carne.

Caminhando até a casa do vigário, eles concordaram em ligar para o consulado e ver se havia alguma chance de conseguir um avião para voltar para casa. Se o caso fosse se arrastar, eles teriam uma boa desculpa para voltar para casa no Natal e relatar a mudança de rumo do caso.

– Mesmo assim – disse o inspetor-chefe enquanto esperavam o vigário atender a porta –, eu não me importaria em dar uma palavrinha com aquele gordo que vimos hoje de manhã. Ele me pareceu saber de alguma coisa que não estava dizendo.

O capitão – que estava parado perto da janela de seu escritório esperando o resultado da busca e do teste de parafina que estavam sendo realizados na emergência do hospital San Giovanni in Dio no prédio ao lado, esperava por algo, qualquer coisa que aplacasse a fúria do irritável promotor substituto – e já começava a pensar do mesmo modo.

O marechal se levantou ao ouvir a porta se abrindo.

– Deixem seus casacos aqui e venham até minhas acomodações, onde não seremos perturbados – ele foi na frente, levando-os para a cozinha. Ele fez com que se sentassem à mesinha da cozinha, pegou uma garrafa de *vinsanto* de um armário pintado e três taças. Quando terminou de servir as taças, sentou-se pesadamente em sua cadeira de encosto aprumado e bebeu, de uma só vez, esquecendo completamente o conselho médico. Pôs as mãos abertas sobre os joelhos e falou suavemente, olhando para a mesa: – Nós não... nós não queremos que ninguém mais se machuque... e tem uma coisa que eu não sei... – ele fez uma pausa e levantou os olhos, encarando o homenzinho com seus grandes olhos inquietos. O faxineiro olhou para ele com sua expressão de permanente humildade e surpresa sob os cabelos espetados.

– Diga-me agora, Cipolla, antes de me dizer qualquer outra coisa... o que fez com a arma?

2

– Joguei no pátio, marechal.
– Por quê?
– Acho que estava com medo.
– Estava tentando escondê-la?
– Acho que não... Apenas joguei pela porta balcão. Só queria tirar aquilo de perto de mim. Eu ia lhe dar quando o senhor chegasse, mas...
– Mas eu não apareci.
– Não – o pequeno faxineiro olhou com preocupação para o *carabiniere* Bacci, sem intenção de ofender.
– Mas eu apareci depois.
– Sim, marechal, mas me mandaram lá para fora...
– Por que não pediu para entrar?

O faxineiro olhou para ele sem compreender. A simples ideia de que ele deveria ter interrompido policiais, professores, especialistas, fotógrafos... quando disseram a ele para sair e ficar fora do caminho no pátio... ele nem mesmo entendia a questão. O marechal deixou isso de lado e prosseguiu.

– E o que aconteceu com a arma, então?

– Eu a peguei, marechal.

– Lá fora, em frente à porta, enquanto estávamos do lado de dentro?

– Sim.

– Você a pegou para esconder em algum lugar?

– Esconder?

– Sim, esconder.

– Mas... não. Eu a peguei, pois estava tentando arrumar o pátio... ele me disse para... – outro olhar apreensivo para o *carabiniere* Bacci.

– Sei. Então você foi arrumar o pátio. O que mais pegou?

– As coisas de sempre. Pregadores de roupa, principalmente, e uma meia e dois lenços que caíram do varal de alguém. E uma arma de brinquedo, de plástico cor-de-rosa... mas não pude varrer como de costume, pois...

– Pois estava sem a vassoura – completou o marechal, lembrando de seu sonho. A imagem conhecida de Cipolla, que sempre incluía uma vassoura e um balde pendurado no ombro direito. – E o que fez com todas estas coisas que juntou?

– Pus em uma sacola de plástico, como sempre, e então esperei que o senhor saísse para lhe entregar.

– Mas não me entregou, Cipolla.

– Não, marechal...

– Por que não?

– O senhor me disse para pôr no chão – ele murmurou – e seguir com o senhor para a delegacia...

– Mas certamente podia ter me dito, não?
– Sim... mas eu estava... os outros estavam lá... então eu me limitei a fazer o que o senhor me disse. Achei que não fazia diferença mesmo...
– Não fazia diferença?
– Dizer-lhe naquela hora. Achei que ia me prender.
– Achou...? O que, o tempo todo? Até no bar?
– Sim.
– Já foi preso, Cipolla?
– Não, marechal! – ficou com o rosto vermelho.
– Não, acho que não foi. Então o senhor colocou a sacola contendo a arma no chão do *hall* de entrada?
– Perto da porta do elevador, marechal. Sempre coloco lá para que as pessoas possam pegar suas coisas e pregadores de roupa. Todo mundo deixa cair pregadores e ninguém, a não ser Cesarini, tem a chave do pátio. Tem um pequeno gancho perto da porta do elevador. Sempre deixo lá a sacola.
– E depois não ficou preocupado com o que aconteceria se a arma fosse deixada lá, assim?
– Foi isso que aconteceu àquela pobre mulher? Mas eu pensei... havia tantos policiais vasculhando por lá... pensei que eles tivessem encontrado.

Eles teriam encontrado, mas não estava lá quando vasculharam a entrada e quando foram ao pátio, ele já havia pendurado a sacola no gancho próximo ao elevador. Enquanto isso, ninguém havia sequer reparado no pobre faxineiro.

– Bem, *carabiniere* Bacci? – o marechal revirou os olhos e encarou o jovem que começou a ficar tenso e com o rosto vermelho, e agora estava pálido e abatido.

– Sim, senhor.
– Era para isso que ela estava se abaixando?
– Sim, senhor, estou me dando conta agora...
– Ah, está?
– É só que eu não a estava observando realmente, senhor. Mas agora me lembro do barulho... ela devia estar tateando a sacola para sentir o que havia dentro.
– Pregadores?
– Sim, senhor, eu me lembro das batidas agora.
– Vá encontrar a arma, *carabiniere* Bacci.
– Sim, senhor.
– E tente não disparar contra si mesmo.
– Sim, senhor – ele se levantou abruptamente e saiu.

O marechal suspirou e esfregou a mão cansada sobre o rosto. Manteve a mão no rosto e fechou os olhos um pouco, indisposto a recomeçar. Então, em silêncio, serviu-os de mais vinho.

O frágil faxineiro não disse nada, mas aceitou a bebida passivamente.

Ele parece tão calmo, pensou o marechal. Desde que aconteceu, ele parece tão calmo... Mas então se lembrou de como Cipolla costumava ser, marchando rapidamente pela *piazza* com seu avental preto, cabelos espetados, balde e esfregão pendurados no ombro. Esquivando-se pela cidade entre os grandes palácios, acenando com a cabeça para os amigos, esfregando cuidadosamente as grandes maçanetas de metal, polindo uma janela de vidro laminado que protegia uma peça de roupa cuja etiqueta ostentava um preço equivalente a um ano de seu salário... sua calma não era plausível...

Havia algo na imagem idosa de Cipolla que fez o marechal lembrar da pequena mulher inglesa, vivendo sozinha, tentando carregar aquelas molduras pela *piazza*... Os demasiadamente jovens ou idosos não contavam realmente. Até mesmo como assassino Cipolla não deixou impressão, todos o ignoraram como sempre fizeram. Os mansos não conseguem muito em um país onde é preciso ser um gênio para sobreviver, o que dirá alcançar algo em suas vidas. O marechal sentiu-se cansado. Ele teria apreciado a ideia de mandar o velho faxineiro cuidar de sua vida, de ignorá-lo como os demais e ir se deitar. Mas era véspera de Natal e uma jornada de vinte e quatro horas dentro de um trem o aguardava, e os olhos vazios do faxineiro o observavam, pacientemente, humildemente, esperando que o marechal fizesse alguma coisa com ele, ciente de que ninguém mais o faria. A cada momento... logo após o assassinato, naqueles poucos segundos no *hall* de entrada em que Cipolla esteve com a arma dentro da sacola de plástico bem debaixo do nariz de todos, depois no cortejo funerário interrompido... aquele rosto branco, aqueles olhos humildes e esperançosos... será que ele só queria esperar o fim do funeral e então, se o marechal realmente não fosse procurá-lo...?

– O que ia fazer, Cipolla? Hoje à noite, depois que seu irmão e seu cunhado fossem embora?

Cipolla baixou os olhos sem responder, como uma criança pega com a boca na botija. Todas as suas reações pareciam infantis, uma imitação da resposta adulta, não totalmente desenvolvida. Seria, quem sabe, por esta razão que todos o ignoravam quando se tratava de qualquer coisa séria? Como se dissessem a ele "vá encontrar algo para fazer, saia da sala enquanto os adultos conversam". Também devia ter muito a ver com o fato de ele ser tão pequeno. Será que ele se sentiu adulto quando, por poucos segundos, segurou a arma e atirou? Ou teria sido também uma imitação, sendo a morte do homem mais ou menos um acidente? Para ser seguido por uma tentativa de suicídio da criança, que podia dar certo ou não... provavelmente não, dependendo do que...

– Onde ia ser, Cipolla, no rio? Na torre do sino?

O *campanile* de mármore de Giotto era frequentemente usado por suicidas que não se importavam com quem estivesse passando a pé ou de carro na agitada praça abaixo.

– No *campanile*, não – murmurou Cipolla, ainda de olhos baixos. – Eu li no *Nazione* sobre aquele velho...

Um homem de oitenta e quatro anos que deixara um bilhete dizendo que estava cansado de lutar para tentar sobreviver com uma quantidade de dinheiro ridícula que mal dava para alimentar seu cachorrinho preto e branco. Ele pulou da torre do sino e caiu sobre o vidro dianteiro de um carro, matando não só a si mesmo, mas também a jovem que estava dirigindo. Ninguém pensou no cachorro, até que os vizinhos o ouviram chorando dois dias depois. Não havia comida na casa.

– Eu não queria prejudicar ninguém. Já prejudiquei demais.

– O rio, então? – sem resposta. Então teria sido o rio. – E o senhor tem quantos anos? Quarenta e dois?

– Sim, marechal – ele estava sentado bem ereto e quieto. Os cabelos rebeldes acentuavam a impressão de um colegial. Era impossível deixar de pensar em Cipolla como vítima do inglês. Todavia, o inglês estava morto, e Cipolla não, e o marechal tinha um trabalho a fazer, apesar de que nunca em toda sua carreira estivesse diante de uma situação como aquela.

– Quantos anos tinha na época da guerra? – ele perguntou de repente.

– Tinha uns seis quando acabou.

– Lembra-se de muita coisa da guerra? – ele não devia fazer essas perguntas, e mesmo assim, era uma forma de lhe dar alguma atenção.

– Somente algumas passagens, principalmente perto do fim, quando tivemos de partir. Nossa casa foi bombardeada.

– Não tinham como buscar abrigo em outra cidade?

– Minha mãe achou que ficaríamos mais seguros no interior... ela tinha uma irmã que vivia no norte, perto de Roma. Ela disse que lá haveria comida, que sempre tinha comida no interior.

– E havia?

– Não. Ficamos por um bom tempo colhendo funcho, urtiga e beterraba selvagem para ferver.

– Pão?

– Por um tempo, até que acabou a farinha.

– Em quantos vocês estavam?

– Quatro, incluindo minha mãe.

– E sua tia?

– Nunca a encontramos. A casinha fora bombardeada. Parte dela ainda estava de pé e fora usada por soldados. Os móveis foram usados para fazer fogueira e havia um buraco enorme no teto. Nós moramos no celeiro até que chegaram os aviões.

– Que aviões?

– Todo tipo. Ingleses, alemães, americanos. Eles voavam baixo e atiravam em qualquer coisa que se mexesse. Acho que devia haver soldados no local, mas nunca vimos nenhum. E teve bombardeio, também. Lembro-me de um monte de bombardeios.

– O senhor sabia de que lado estavam?

– De que lado...?

– Os aviões que vieram, o senhor sabia de que lado estavam na guerra?

– Acho que não... minha mãe costumava xingar todos eles, os italianos também, por tentarem matar seus filhos. Eu sabia apenas que tinha de me esconder e ficar quieto se ouvisse aviões. E sabia que tinha fome.

– E o que aconteceu depois, quando foram embora do celeiro?

– Não sei bem. Muitas mudanças. Fomos parar em Roma porque minha mãe disse que sua irmã devia ter ido para lá com os outros refugiados cujas fazendas haviam sido arruinadas. Imagino que ela tenha sido morta, mas não me lembro se ficamos sabendo... Não sei como vivemos em Roma, mas no final voltamos para o interior, onde minha mãe, meu irmão e minha irmã trabalharam em uma fazenda. Eu era o mais novo...

– Eu não vi seu irmão no funeral.

– Não, ele emigrou para os Estados Unidos assim que pôde, ou seja, assim que eu alcancei idade suficiente para trabalhar também.

– O senhor gostava de trabalhar na fazenda?

– Não, eu odiava. Odiava o interior.

Não era à toa. Depois da experiência que teve. Caldo de urtiga e aviões soltando bombas.

– Quantos anos o senhor tinha quando chegou a Florença?

– Catorze, ou um pouco mais.

– E veio sozinho?

– Vim. Foi a primeira vez que viajei de trem.

– Seu pai... o senhor tinha pai?

– Ele foi morto na Grécia.

– Prossiga. Conte como veio para Florença. Onde ficou?

– Em um albergue. O padre local me arrumou um lugar. Eu comecei fazendo serviços de limpeza em uma igreja daqui, mas logo acabei arrumando trabalhado de sobra e, finalmente, um apartamento barato na Via Romana.

– E então se casou?

– Não, somente mais tarde. Primeiro minha mãe morreu e minha irmã veio morar comigo. Ela arrumou emprego em uma *trattoria* de umas pessoas que conhecemos em Salerno. Então, quando ela se casou com Bellini, mudou para o endereço perto do seu...

O marechal olhou para uma tigela branca coberta por um prato sobre a geladeira.

– E então o senhor se casou?

– Sim – um olhar estranho se fez em seu rosto na medida em que foram chegando ao presente. Cedo ou tarde, ele ia ceder... melhor ali do que entre estranhos no posto de comando... mesmo assim, deveria ser sinal de sabedoria esperar pelo *carabiniere* Bacci – "e onde ele estava, afinal, droga?" O marechal encheu as taças.

– Beba – disse, observando-o. Será que Cipolla teria sido muito diferente se tivesse acesso à comida de que precisava? Se ele tivesse crescido como um homem normal? Especular era inútil. E havia milhares como ele.

– Quem lhe paga o seguro? O senhor trabalha para tantas pessoas por toda a cidade.

– Ninguém... Tenho uma pequena apólice e tentamos... tentamos economizar um pouco. Não tivemos filhos, sabe, então... Milena não podia...

– Então ambos trabalhavam e guardavam?

– Não, não... não era assim... – ele começou a falar mais rápido, tirando as mãos do colo para gesticular, para explicar.

"Podia ser", pensou o marechal, "que ele jamais tivesse falado de verdade com ninguém em toda sua vida... ou talvez fosse o *vinsanto*". Realmente seu rosto estava um pouco rosado.

– Não foi assim. Eu não queria que ela tivesse de trabalhar. Minha mãe se matou de trabalhar para nos criar sozinha... E depois, o que ela deveria ter feito? Faxina, que nem eu? Ela tinha apenas o ensino básico. E não tinha filhos. Uma coisa é se fazer um trabalho desagradável quando se tem o prazer de comprar coisas para os filhos, existe algum sentido nisso, mas para ela fazer este tipo de trabalho e encontrar somente a mim ao voltar para casa... Ademais, achei que seria bom para ela viver como uma "*signora*", ser um pouco especial... Sabe, às vezes as outras mulheres a aborreciam, não que quisessem, acho que não tinham como evitar...

– Refere-se às que têm filhos?

– Sim... até minha irmã, não tinham a intenção de... ela costumava chorar à noite, quando achava que eu estava dormindo. Eu sempre soube o motivo.

– Não estava entediada em casa?

– Entediada? Acho que não... Eu sugeri que ela tirasse o diploma do segundo grau, leva só um ano e muitas pessoas como nós agora fazem isto, estudando à noite, mas ela não ia. Tinha medo das pessoas acharem aquilo ridículo, em sua idade... No fim eu a convenci a fazer umas aulas de inglês com a senhorita White. Ninguém mais precisaria saber e eu achei que isso a faria desligar um pouco a mente, mas não deu certo... A senhorita White é muito simpática, muito paciente, mas não fala nada de italiano e Milena não fala nem uma palavra de inglês, então...

– Mais lágrimas?

– Sim.

O marechal achou que estava começando a entender. Com certeza Milena concordou em bancar a "*signora*" apenas para agradá-lo. Que prazer poderia ter em ficar sentada em casa sozinha o dia inteiro enquanto todas as vizinhas ou tinham filhos ou trabalhavam fora, ou, mais provável ainda, ambos. Não era incomum; casais passavam a vida toda em um emprego ou morando em um lugar, achando que estão agradando um ao outro, sem jamais admitir o quanto odiavam isso... E se fosse isto que o marechal estivesse fazendo consigo mesmo? Em benefício de quem ele permanecia a centenas de quilômetros de sua família? Será que sua esposa realmente se preocuparia com o fato das crianças precisarem mudar de escola, ou será que sua mãe ficaria assim tão aborrecida de largar seu vilarejo natal pela primeira vez na vida? Ou será que todos achavam que ele gostava de levar uma vida de solteirão em Florença, já que sempre tentou esconder o fato de viver desesperadamente solitário sem eles? Ele havia decidido resolver aquilo no feriado. Mas agora não poderia pensar em si mesmo.

– Então esse tempo todo o senhor esteve trabalhando duro para manter a ambos. Isso deve ter implicado longas horas de trabalho... não é um serviço bem pago.

– Não, mas eu não ligo de trabalhar muito. Gosto de trabalhar, gosto de andar pela cidade, combina comigo.

Naturalmente. Nada do perigo dos campos abertos e dos aviões, nada de sopa de urtiga. Ele gostava de caminhar devagar sob as sombras dos edifícios que estavam de pé há mais de cinco séculos, cercado por lojas cheias de comida! Mas será que sua esposa gostava também?

– Sua esposa trabalhou fora em uma ocasião, não foi? – eles teriam que tocar no assunto em algum momento.

– Isso foi quando ficamos sabendo sobre... a doença.

– Ela trabalhou fora quando estava doente?

– No final das contas, não tínhamos escolha... a apólice pagou a operação, mas eu tinha de sair para trabalhar... Minha irmã fez o que pôde, mas tinha filhos para cuidar também... De qualquer forma, eu perdi algumas diárias e ficamos um pouco enrolados financeiramente. No fim, eu consegui resolver tudo, mas aí já não havia mais nada... nada a fazer... e sabíamos... sabíamos que ela ia morrer em breve, e que isto também custava dinheiro.

– A única coisa que ela não queria era morrer em um hospital. Mais ou menos um mês depois da operação ela se sentiu mais ou menos normal outra vez. Eles não fizeram nada, sabe... não puderam, ela disse que queria ver um trabalhinho, apenas por algumas semanas, para que eu pudesse ficar em casa com ela quando...

– Então, no fim, ela saiu da clausura, mesmo que por um curto período – Cipolla ficou com o rosto muito vermelho. Talvez o *vinsanto*...

– Quando comeu pela última vez? – o marechal perguntou abruptamente.

– Não me lembro.

– Ontem ou hoje?

– Eu... ontem... não sei... deve ter sido antes de...

O marechal levantou o corpanzil e tirou a tigela branca de cima da geladeira.

– Não posso comer sua refeição, marechal.

– Eu já comi – mentiu o marechal. – Antes de o senhor chegar. E foi sua irmã quem fez, de modo que não vejo nenhuma boa razão pela qual o senhor não deva comer um pouco.

– Ela está... o senhor vai...?

– Eu vou passar lá mais tarde.

Quando o *carabiniere* Bacci bateu levemente na porta e entrou, ficou perplexo de ver o marechal mexendo em uma panela fumegante de sopa e o pequeno faxineiro sentado obedientemente à mesa com uma tigela listrada e um prato à sua frente. Havia um segundo lugar ao seu lado.

– Marechal? Eles já levaram a sacola, então tive que...

– Sente-se – interrompeu o marechal, e começou a servir sopa nas tigelas como se estivesse alimentando aos próprios filhos. – E quando foi que comeu pela última vez? Hein? – ele murmurou para o atônito *carabiniere* Bacci.

– Ontem à noite, senhor...

– Bem, então. Coma, vamos lá – ele começou a cortar-lhes enormes pedaços de pão de forma duro. – Tome. Pão. Coma – e ele se sentou, satisfeito, para observá-los.

– Depois do tiro, marechal – eles já tinham achado o furo queimado na sacola e traços de pó em tudo que estava dentro, mas a arma não estava lá, então...

– Depois.

Quando terminaram, o marechal tirou os pratos e pôs na pia. A janela da cozinha tinha marcas de calor no meio de cada vidraça. Pelas bordas ele percebeu o sol de inverno brilhando na cabeça de uma estátua romana e o topo de cerca viva de galhos de loureiro onde começava o Jardim Boboli. Ele voltou e se sentou.

– Importa-se muito, Cipolla, se o *carabiniere* Bacci ficar conosco? Ele é um bom rapaz, um rapaz sério.

– Sei disso, marechal. E ele é jovem e precisa aprender seu ofício... Eu lhes causei um monte de problemas...

Será que ele estava feliz de, uma vez na vida, ter público? Mesmo assim, ele estava calmo demais...

– Então... se precisava de dinheiro por causa da doença dela, como ela foi acabar trabalhando para o inglês?

– Era difícil achar qualquer coisa que fosse. Hoje em dia não é mais como na época em que comecei... e a maioria das pessoas queria alguém que fosse permanente. Ela não podia mentir sobre a situação. No final eu pensei em algo que já havia tentado antes. Eu escrevi para os síndicos de todos os condomínios nos quais já havia trabalhado e perguntei se eu poderia limpar seus pátios uma vez por mês, e às escadas uma vez por semana, e, foi assim que me equilibrei quando ficamos apertados. Então perguntei a todos os meus empregadores se eles sabiam de alguma oferta de serviço isolado ou temporário.

– E o senhor perguntou ao inglês?

– Não, não, não o conhecia, apesar de que o vira, é claro. Pedi ao *signor* Cesarini, pois ele é o síndico daquele condomínio e responsável pelo meu trabalho. Primeiro ele disse que não, mas depois mudou de ideia. Disse que o apartamento do inglês precisava de faxina, que era sua propriedade e ele estava enojado pelo estado em que se encontrava. Ele disse que o lugar inteiro precisava de uma faxina, mas que teria de ser feito dentro de três semanas, o que significava serviço em horário integral, mas apenas por aquele período. Era exatamente o que queríamos.

– Então sua esposa foi trabalhar. Ela gostou?

– Não parecia infeliz. Era um trabalho desagradável, contudo, o lugar era tão sujo, ela disse, que não era limpo há anos. Mesmo assim, era um alívio não ter de se preocupar com o dinheiro, saber que eu estaria com ela quando... Às vezes tomávamos café juntos no bar, coisa que nunca fiz, mas precisamos fazer em uma determinada manhã, pois estávamos um pouco atrasados, ela não se sentira bem à noite. Ela gostou tanto que achei que devíamos fazer aquilo sempre que possível. Ela gostava também que eu a pegasse no fim da tarde, de modo que eu mudei minha rota para voltarmos para casa juntos, caminhando.

– Sua esposa tinha a chave do apartamento do inglês?

– Não, nunca. Ele levantava para abrir a porta para ela e voltava para a cama. Algumas pessoas são assim: não confiam em ninguém. Às vezes ele acordava mais tarde e saía.

– Ele nunca fez objeção à presença dela? Afinal, não foi ideia dele.

– Não... ele simplesmente a ignorava... O *signor* Cesarini lhe dizia o que fazer, limpar o piso e as janelas, a cozinha e o banheiro, mas não tocar nos móveis da sala de estar e nem entrar no quarto de dormir. Ele costumava trancar a porta do quarto ao sair, o inglês, quero dizer.

– E ele sempre a ignorou? Ele nunca... – o marechal hesitou, mas a pergunta tinha de ser feita, e antes fosse feita por ele. – Ele nunca incomodou sua esposa... nunca tentou...

– Não! – Cipolla corou. – Nada do tipo. Ele jamais falava com ela! Nunca, nada...

– Tudo bem, tudo bem. Eu tive de perguntar, pois outras pessoas perguntarão – o marechal observou seu rosto de perto. – Porque se fosse o caso, as coisas seriam mais fáceis para você, bem mais fáceis mesmo... crime passional...

– Mas não foi isso que aconteceu – nenhum indício de fraude em seu rosto.

– Tudo bem. Apenas entenda que foi por esta razão que eu perguntei e outros perguntarão. Não é para denegrir sua esposa. Agora me diga o que houve.

– Ele não lhe pagou.

– Como assim, nunca?

– Não. Primeiro esperávamos que ele pagasse toda semana, mas ele sempre estava fora nas sextas-feiras quando ela terminava o trabalho. Começamos a ficar preocupados, principalmente porque Milena encontrou contas vencidas por toda casa ao fazer a faxina. Conversamos sobre o problema e resolvi falar com o *signor* Cesarini. Ele riu e disse que o inglês era um velho miserável, mas que provavelmente nos pagaria no final.

– Provavelmente?

– Sim. Eu disse a ele que precisávamos do dinheiro, que tínhamos contas a pagar, porém não senti vontade de dizer a ele a verdadeira razão, talvez eu devesse ter dito, mas não consegui, então ele riu outra vez e deu um tapinha no meu ombro. Ele disse: "Ninguém paga contas na Itália! Deixe isso para lá e vá curtir a vida!" – Milena resolveu tentar pedir o pagamento ao inglês, apesar de que não tinha certeza se ele entendia italiano.

– E ele entendia?

– Ah, sim. Ele falava com um sotaque estranho, mas mesmo assim... ele perguntou a ela "Eu lhe chamei para trabalhar aqui?", "Não o senhor, exatamente, mas...", "Quem chamou?", "O *signor* Cesarini", "Então ele lhe pagará, não eu. Não tenho nada a ver com isso". Ele disse a ela para sair se não quisesse fazer o trabalho, que ele não se importava mesmo e que se ela causasse problemas ele iria chamar a polícia e acusá-la de tê-lo roubado, de estar em sua casa sem permissão, e que Cesarini ficaria do lado dele. Quando viu que ela não saiu, ele a ameaçou com a arma que mantinha na escrivaninha.

– Ela não estava com medo dele?

– Em sua condição, por que estaria?

– E o senhor?

Cipolla baixou a cabeça.

– Ele era um homem muito grande. Em seu último dia de trabalho, Milena resolveu que não iria embora sem seu dinheiro, por mais que ele a ameaçasse. Afinal, ela não tinha nada a perder. Mas quando ela chegou, ele estava fora ou simplesmente não estava atendendo a porta. Ela retornou dia após dia, mas nunca conseguia entrar, e então a doença começou a tomar conta...

– Como o senhor lidou com a situação?

– Eu estava nas últimas. Minha irmã me deu o que podia, vinha nos preparar comida todas as manhãs, depois corria para cuidar das crianças. Os vizinhos também vinham. Mas ela ficava cansada de ter tanta gente lá com quem conversar, ela precisava de mim. Precisava de mim, e eu não podia estar lá... O senhor sabe quanto custa morfina? Não entendo como estes viciados em drogas... E eu havia prometido que estaria com ela, havia prometido...

O sol baixo e vermelho estava brilhando lá fora da janela da cozinha, mas a luz já estava desaparecendo. Um grupo de crianças, provavelmente incluindo os sobrinhos e sobrinhas de Cipolla, estava brincando debaixo da janela no mato que o marechal chamava de jardim, e o qual jamais permitira que seu desnorteado vizinho arrumasse para ele. As crianças brincavam lá todo dia e o marechal fingia não ver. Se ele quisesse paz e tranquilidade ele se deixaria ver pela janela, de costas, e eles sairiam correndo. Então ele ficaria cheio de remorso por dez minutos, até eles voltarem. Ele agora se levantou e os fez ver seu casaco preto e a gola trançada, temendo que o barulho das brincadeiras estressasse o pequeno faxineiro.

– O marechal está em casa! Vamos cair fora! – eles saíram correndo como coelhos assustados.

– Conte-me sobre aquela noite.

As mãos finas de Cipolla reviraram-se repetidamente sobre o colo.

– Minha irmã estava lá. Milena andava muito deprimida, mas durante a última semana, por alguma razão... talvez fosse a morfina... ela dormiu a maior parte do tempo... Não era um sono natural, seus olhos ficavam entreabertos e ela roncava, Milena jamais... mas quando ela acordava, parecia se esquecer do que estava lhe acontecendo e começava a falar das coisas que ia fazer quando estivesse andando novamente, era pior do que quando ela ficava deprimida... Eu não devia dizer isso, mas deve ter sido melhor para ela. Aquela noite, por volta da meia-noite, ela estava acordada e parecia febril, excitada. Ela pediu um espelho à minha irmã. Seu cabelo ficou completamente grisalho mais ou menos pelo último mês, mas acho que ela não reparou... Ainda assim, não podíamos recusar.

– "Como estou feia", ela disse ao se ver no espelho, "acho que vou cuidar dos cabelos assim que melhorar, agora que tenho emprego posso pagar, sabe. O que você acharia se eu ficasse loira? Eu enjoo com facilidade, sabia?", e então começou a chamar pela mãe. A mãe dela morreu quando Milena tinha treze anos, então nos demos conta... minha irmã vestiu o casaco e foi chamar o padre... Depois do sacramento ela ficou bem mais tranquila. Só falou mais uma vez antes... Não sei bem o que ela disse. Quando as mulheres chegaram, mandaram-me para o outro quarto. Uma delas me trouxe *grappa*, apesar de eu normalmente não beber. Pareceu levar um longo tempo... o quarto estava tão silencioso e eu me senti como se estivesse sufocando. Depois de um tempo eu saí discretamente.

– Lembra-se aonde foi?

– Acho que sim... cruzei a ponte Vecchio e caminhei sem rumo pelo centro, vendo as luzes de Natal.

– Estava pensando no Natal?

– Não. Era só algo em que me concentrar... Atravessei a Santa Trinitá, parei lá por um minuto...

– Já estava pensando no rio?

Ele corou e evitou os olhos do marechal.

– Não... isso foi depois... não.

– Tinha intenção de encontrar o inglês?

– Não, de jeito nenhum, simplesmente aconteceu. Eu voltei pela Via Maggio, estava pensando no dinheiro... mas assim que cheguei à porta de número cinquenta e oito, ela se abriu.

– Viu alguém?

– Não... pelo menos, acho que o guarda devia estar na rua. Acho que o vi entrar em uma das casas, mas a rua não é bem iluminada... Eu não sabia o que ia fazer. Era tarde demais para receber o dinheiro, mas mesmo assim, ele devia ter pago... eu fechei a porta.

– Tocou a campainha?

– Não. A porta do apartamento se abriu também à minha frente, como se estivessem me esperando. Não me pareceu estranho na hora. Será que alguém vai acreditar em mim?

– Vão acreditar. Ele estava esperando alguém, e não era o senhor.

– Então é por isso... eu entrei e fechei a porta. Ele se afastou dela como se tivesse acabado de abri-la. Quando ele se virou e me viu acho que entrou em pânico. Pareceu horrorizado e começou a tagarelar em inglês. Eu comecei a exigir o dinheiro de Milena. Ele tentou me empurrar porta afora, mandando sair em italiano, e chegou a pegar a arma.

– Estava com medo que ele a usasse?

– Acho que não – algo ali não estava batendo, não fazia sentido, mesmo naquelas circunstâncias.

– O que o senhor fez?

— Eu me recusei a sair. Disse que podia chamar a polícia se quisesse, acho que mencionei que conhecia o senhor. Ele ficou pálido. Deixou a arma cair na cadeira e me agarrou...

— Ele bateu em você?

— Deu-me um tapa — murmurou Cipolla. — No rosto, como se eu fosse uma criança. Ele disse que minha mulher era uma ladra e que havia roubado coisas enquanto ele estava fora, que ele já havia contado a todo mundo na *piazza*, ele... ele... eu devia estar virado para o quarto de dormir, então. A porta estava aberta e a luz acesa. De repente ele me largou e correu para o quarto como se tivesse se esquecido de mim...

— O cofre — murmurou o marechal. — Estava aberto, ele ficou com medo que o senhor visse.

— Eu não vi nada... Não sabia... Peguei a arma, então, na cadeira. Não sabia como usar, mas queria fazer alguma coisa, algo para que ele prestasse atenção. Apontei para a porta do quarto enquanto ele passava. Fechei os olhos e esperei. Então atirei. Atirei...

— Mas ele não havia passado.

— Não. Eu não entendo o que aconteceu. Não esperava que ele estivesse lá quando eu atirei. Quando abri meus olhos ele estava lá por um segundo, segurando a maçaneta da porta...

— Ele estava fechando...

— Talvez. Então ele caiu.

— O que o senhor fez?

— Nada de imediato. Fiquei parado onde estava. Ouvi alguém à porta, tenho certeza.

– Uma pessoa?

– Acho que sim... Passos muito suaves no corredor, depois subindo as escadas, e aí...

– Depois o senhor foi para o banheiro e vomitou – o homenzinho deu um pulo. Aquilo ele não queria contar. – E vomitou na ponte também. Quanto de *grappa* o senhor bebeu?

– Não me lembro. Não sei quanto tinha na garrafa. É que eu não bebo, não sou acostumado... O senhor vai ter de contar isso às pessoas?

– Sim. Mas eles vão entender que o senhor não tinha a intenção de ficar bêbado. Afinal, foi outra pessoa que lhe deu a bebida e o senhor não estava em condições de ver o que estava fazendo. E essa é a única coisa que justificaria sua tentativa de discutir com o outro homem, bem maior.Então resolveu me ligar? Ainda devia ser de manhã bem cedo.

– Eram quatro da manhã, havia um relógio na escrivaninha. Eu me sentei para esperar uma hora mais razoável.

– O senhor se sentou...? Não pensou em chamar um médico? E se...

– Ah, não – disse o homenzinho com voz baixa. – Ah, não, pois ele estava morto... – seus olhos perdidos ficaram dilatados. – Ah, não. Seus olhos estavam abertos, eu vi. E seus dentes apareceram. Seus dentes... ah, não... ah, não... sua cabeça estava caída para trás.

– Segure-o! – o marechal ficou de pé de um pulo, mas o *carabiniere* Bacci foi mais rápido. O corpo frágil chacoalhava como se alguma mão invisível estivesse sacudindo-o, enfurecida. Sua respiração saía na forma de roncos barulhentos.

– Pegue um pouco de água – o marechal estava segurando-o agora, dizendo repetidamente. – Desembuche, homem, desembuche...

Cipolla manteve os olhos dilatados fixos no marechal enquanto continuava chacoalhando. Subitamente os olhos se apertaram até ficarem quase invisíveis e ele conseguiu falar com a voz aguda e áspera:

– O que foi que eu fiz? Ah, marechal, o que foi que eu fiz?

– A água, senhor.

– Tome, beba isso, e vá com calma.

– O que vai acontecer a ele? – murmurou o *carabiniere* Bacci. Ele trouxera seus casacos. Cipolla estava no banheiro, pois o marechal insistiu que ele se lavasse e barbeasse antes de partirem.

– Ele vai para a cadeia – resmungou o marechal –, o que você esperava? Queria um assassino, e agora conseguiu. Ele provavelmente não se encaixa em suas expectativas, mas aqui está ele. Quanto ao que acontecerá com ele... o que aconteceu com meu aluno perfeito? Artigos 62, 62 bis do código penal. Leia-os de novo, agora devem fazer mais sentido.

– Sim, senhor.

– E recomponha-se, *carabiniere*! Ainda temos trabalho a fazer.

– Sim, senhor – o *carabiniere* Bacci, pálido e com olheiras, tentou alisar o uniforme amarrotado e empoeirado.

– Cuide do telefone enquanto estivermos fora – o marechal abotoou o sobretudo e parou para dizer baixinho: – Não se preocupe. É bem possível que o veredicto seja morte acidental. E quando ele sair estarei aqui para ajudá-lo. No final das contas, somos todos italianos... até os sicilianos, hein?

– Sim, senhor... mas... será que vão acreditar nele?

– Você acredita?

3

— Bem, essa eles tiraram da cartola — disse o inspetor-chefe, com o rio em tons de rosa e roxo escuro do fim do pôr-do-sol correndo abaixo deles. Pontos de luz começavam a aparecer aqui e ali no anoitecer.
— Acha que a família vai entrar com um processo?
— Duvido muito — em sua última visita ao escritório do capitão eles ficaram sabendo que a família de Langley-Smythe tinha direito a entrar com uma ação civil quando o caso fosse aos tribunais, mas que isso só serviria para chamar atenção, já que o acusado não estava em posição de pagar pelas perdas e danos...

O casal de empregados envolvido nos roubos na *villa* já foi encontrado e ambos estão dispostos a colaborar. É claro que o inspetor-chefe não pôde falar pela família, mas disse que achava improvável...

A bela ruiva do consulado aparecera com alguns papéis relativos ao corpo para serem assinados. Ela trazia também uma pasta com duas passagens de avião.

— Pensamos que o senhor gostaria de chegar em casa esta noite, já que é noite de Natal. Receio que o voo comercial já tenha partido: este é um voo fretado que vai aterrissar no aeroporto de Luton, e vão providenciar um ônibus para levá-los ao destino final. O corpo sairá no voo comercial programado para depois de amanhã – quando ela estava fechando a pasta, Jeffreys conseguiu se aproximar:

— Fico contente por termos lhe encontrado.

— E por quê? – ela sorriu.

— Porque do contrário eu teria de concluir que todos os ingleses que vivem aqui são um pouco...

— Loucos? Espere passar uns dez anos, só estou aqui há dois.

— E eles são todos loucos?

— Não, não. Só os que mantêm uma vida social na "colônia". Eles são bem perceptíveis. Há centenas de ingleses trabalhando e estudando aqui que simplesmente se misturam.

— Você se mistura muito bem. É seu cachecol?

— Obrigada.

— Se você não estivesse nos despachando em um avião eu lhe perguntaria o que você vai fazer hoje à noite.

— E eu lhe diria que vou à recepção do prefeito. Se você não fosse pegar o avião, eu lhe convidaria.

— Eu volto – para conferir se você está ficando louca.

— *Signorina* – o capitão se aproximou dela para apertar sua mão fazendo uma breve e solene mesura que fez a moça corar ligeiramente. Na opinião de Jeffreys o capitão segurou aquela mão ao menos um segundo a mais do que o absolutamente necessário. O tenente que veio para acompanhá-la até a saída, empurrou levemente sua espada para trás e também fez-lhe uma mesura. Depois disso, ela saiu conversando amigavelmente em italiano com ele. Jeffreys murmurou: – Puxa-sacos – ele, que sequer teve uma oportunidade de dar uma olhada nas italianas. Mas, todavia, teve oportunidade de ligar para o *carabiniere* Bacci em Pitti antes de partir para dizer-lhe:

– Quanto àquela arma... acho que você devia conversar com a garotinha da pistola de água cor-de-rosa...

– Sabe – brincou o inspetor-chefe enquanto desafivelavam seus cintos de segurança –, eu devo tentar visitar Florença durante minhas férias um dia. Acho que minha mulher vai adorar as lojas.

– Você não achou a comida ruim, não é?

– Não... – o inspetor-chefe admitiu generosamente – não posso dizer que deixei de gostar de nada... – e seus preconceitos se dissiparam quando já estavam prontos para voltar para casa.

– Aliás – murmurou o inspetor-chefe, quando ambos fecharam os olhos para tirar uma soneca –, alguém mencionou o que aconteceu com a arma?

– Não – disse Jeffreys, mantendo os olhos fechados –, mas já deve ter aparecido a essa hora.

Somente depois de provocar lágrimas em sua mãe e ouvir palavras severas do capitão, Giovanna levou, ainda com relutância, o *carabiniere* Bacci e ninguém mais, ao lugar onde escondera seu pequeno tesouro, embrulhado dentro de uma revista em quadrinhos, atrás de um pequeno armário de brinquedo.

Ela o observou apreensiva, enquanto ele desembrulhava o pacote, para depois olhar para ela. Sem dizer uma palavra, ela virou o bolso da frente de seu uniforme de treinamento, derrubando todas as balas.

Às perguntas do capitão – se ela sabia o tempo todo onde estava a arma, se era por isso que ela sabia o significado do barulho do tiro, se ela realmente fora acordada pela porta antes de ouvir o segundo tiro – ela respondeu com silêncio e olhos brilhantes.

Ao levá-los à saída, a *signora* Cipriani perguntou ao capitão:

– O senhor não podia... me manter informada? Quero dizer, quanto ao que vai acontecer ao faxineiro...? Ele parecia tão... não sei, mas se houver qualquer coisa que eu possa fazer para ajudar... pobre homem, e pobre Martha... eu devia estar no hospital agora, mas Vincenzo... ele tinha de encontrar um cliente, então...

– É muita gentileza sua, *signora* – disse o capitão, mandando Vincenzo ao inferno em pensamento. – Eu certamente... – ele sentiu os olhos solenes e inocentes do *carabiniere* Bacci sobre si – certamente procurarei mantê-la informada. Se eu estiver muito ocupado, mando um brigadeiro...

– Obrigada... boa noite...

Lá fora, o *carabiniere* Bacci observava o capitão partir em seu carro, desejando que ele também fosse levado ao

Clube dos Policiais para jantar e imaginando por que o capitão não parecia nada animado para a ocasião. Bacci estava cansado, mas ainda não podia pensar em ir para casa.

Ele atravessou a pequena *piazza* e passou por Pitti em direção à ponte Vecchio, inconscientemente seguindo a rota do faxineiro naquela noite desastrosa. Ele caminhou lentamente, absorvido em seus pensamentos, sem reparar nas joias que brilhavam nas pequenas vitrines ao longo do rio, e nem nas pessoas que tropeçavam nele e lhe barravam o caminho. Estava bem escuro quando ele se viu na Piazza della Repubblica. Ele parou em um canto em meio à multidão que passava, observando com olhar inexpressivo o anúncio gigante de "cynar[1]" em neon ondulando por sobre a linha do horizonte. A janela da loja de departamentos ao lado estava cheia de esquis brancos e azuis. Ele deixou a multidão conduzi-lo aos empurrões pela *piazza* em direção à arcada do correio. Não tinha como espantar o medo que ainda existia dentro de si, como se ele fosse a pessoa no lugar do faxineiro. Porque por meia hora ele realmente pensou...

No final, ele dissera ao marechal que achou que seria considerado suspeito. Os olhos do marechal quase saltaram das órbitas, primeiro de surpresa, depois achando graça.

— Você? *Carabiniere* Bacci, você é uma figura! Achei que nada poderia me fazer rir hoje.

— Mas eu estava lá, senhor, as duas vezes, ao menos parecia que eu estava e...

---

1 Bebida alcóolica italiana. (N.T.)

– E a hora da morte? E o seu motivo? E a arma que você carrega?

– Uma *Beretta* nove, senhor, mas...

– *Carabiniere* Bacci, você é um jovem tolo, acho que já devo ter lhe dito isso.

– Sim, senhor. Eu sei que o senhor deve ter pensado em todas essas coisas, mas não é só isso, senão eu não teria lhe dito... o que quero dizer é que, se eu pudesse pensar, por um minuto que fosse, que eu devia... pensar que eu estava do outro lado, ao invés de me sentir como um policial, bem, talvez eu nunca venha a ser policial. Decidi desistir.

– Ah, é? – só então o marechal levantou os olhos da mala que estava fazendo.

– Sim, senhor.

– No futuro, *carabiniere* Bacci, você vai parar de correr atrás de ônibus e procurar por aventuras em geral, e manterá seus olhos firmemente fixos nos detalhes comuns da vida, como o fato de que as pessoas não vão trabalhar quando a esposa acabou de morrer, que não se vê um faxineiro como Cipolla por aí sem seu balde e seu esfregão, que as pessoas usam sobretudos em dezembro! E vai se reportar para um policial mais experiente, a não ser que saiba que pode lidar com a situação. Está claro?

– Sim, senhor.

– E você vai acabar se transformando em um bom policial, contanto que não se anime demais e não atire em si mesmo acidentalmente primeiro.

– Sim, senhor. Mas... o capitão não...

– O capitão, *carabiniere* Bacci, é um homem bom, um homem sério... e ele está vivendo em alojamentos por tempo demais. Está na hora de ele se casar. Agora, vá. Sua mãe deve estar lhe esperando. E não está vendo que eu tenho que pegar o trem?

– Bem, *carabiniere*, em que posso servi-lo?

O *carabiniere* Bacci percebeu então que estava fitando uma bancada de plantas e flores iluminadas por lâmpadas junto ao muro do *Palazzo* Strozzi. A vendedora de flores estava batendo os pés para se aquecer, parecendo esperançosa. Havia sacos de celofane com viscos e laços vermelhos, e havia antúrios vermelhos e brancos. Ele se lembrou que não havia comprado nada para a mãe.

Escolheu um vaso de antúrios vermelhos e o levou envolto em papel verde e branco. As luzes e a multidão na Via Tornabuoni criavam uma atmosfera quase caseira. As peles que lhe roçavam o tempo todo e a mistura pesada de perfumes dos consumidores natalinos mais ricos, traziam-lhe uma sensação de sufocamento e ele seguiu em direção ao rio e à ponte Santa Trinitá.

Dois sardenhos vestidos de preto dos pés à cabeça estavam tocando seu triste hino de Natal com suas gaitas de fole de pele de carneiro. Ele parou e lhes deu algo. Não estava sendo sentimental, apenas sensível, delicado, como quem se recupera de um acidente. O único pensamento que lhe acalmava os nervos era saber que havia um profissional realmente importante em seu universo: o marechal.

– E este é meu segundo neto, a foto de sua primeira comunhão, dizem que ele parece comigo, e acho que parece mesmo. Veja esta, sou eu trinta anos atrás, na minha carteira de motorista, aqui você pode perceber melhor que eu já tinha bigode naquela época, claro, mas mesmo assim...

O grande amigo que o marechal fez durante os dez minutos de espera na estação tinha uma enorme coleção de fotos e estava ansioso para começar a mostrá-las, apesar de o trem ainda estar parado na plataforma dez, sem dar sinal de partir de Florença. O vagão já estava cheio, apesar dos trens especiais transportando imigrantes da Alemanha e Suíça já terem passado nas noites anteriores, longe das vistas da população em geral. O marechal estava comprimido em um assento junto à janela, de frente para seu novo amigo falador e suas fotos. Desta vez ele estava feliz em aguardar pacientemente. Tinham uma noite e um dia inteiro pela frente e suas fotos estavam no bolso à altura do peito.

Um anúncio ecoou por toda a lotada estação.

– É nossa vez – avisou o amigo do marechal, que era um viajante experiente e entusiasmado. Ele pegou as garrafas de água de todo mundo e as entregou a um carregador que estava passando, para que este as enchesse na fonte de água da plataforma, dizendo: – Será que eles acham que somos turistas que podemos pagar mil liras por uma garrafa de água mineral? Sabe quanto isso iria nos custar em dois dias?

– "O expresso número 597 das 19:49, com paradas em Roma, Nápoles, Calábria, Siracusa e Palermo aguarda na plataforma 10. Expresso número 597..."

– Aguardando? Aguardando o chá da tarde, sem dúvida...

– "Passageiros para Siracusa e Palermo..."

As pessoas ainda estavam entrando no trem, muitas delas de pé, ou sentando-se em suas frágeis malas nos corredores. E todos certamente pagaram por seus lugares.

– Pobre Itália – concordou o falante passageiro ao captar o olhar do marechal em direção àqueles infelizes –, é preciso paciência, isso sim. Veja aquele casal no canto.

Um casal pequeno, marido e mulher, ambos grisalhos, mas mesmo assim era difícil definir sua idade.

– Você não acreditaria só de olhar há quanto tempo faz que estão viajando. Eu só entrei em Valenciennes, mas eles vieram da Alemanha, ele trabalha lá, consegui descobrir, mas perderam uma conexão em algum lugar e não têm a menor ideia do que fazer. Acho que eles passaram ao menos uma noite sentados, bem como estão agora, em algum banco. Vida dura... e aposto que quando apagarmos as luzes esta noite eles não vão se mexer. Vão continuar sentados assim, até conseguirem chegar à Calábria, de onde vieram, pelo que consegui entender... Quanto a mim, gosto de ficar à vontade...

O marechal não sabia o que ia fazer. Seus joelhos e os dele estavam comprimidos um contra o outro e quatro mulheres corpulentas os separavam do casal silencioso do outro canto.

– E tenho certeza – continuou seu amigo, sussurrando – que eles estão sem comida. Imagino que tenham trazido somente o suficiente para a viagem sem considerar contratempos, mas não aceitaram quando ofereci da minha...

O marechal também tinha seu pão de forma e uma sacola de papel encerado cheia de azeitonas pretas.

– "Expresso número 597 para Palermo saindo da plataforma 10. Onze minutos de atraso. Expresso número 597..."
– Podia ser pior... Imagino que esteja indo para Palermo, como eu?
– Siracusa.

Um homem empurrava um carrinho com jornais pela plataforma, gritando:

– Deslizamentos de terra no Sul! Centenas de desabrigados no Natal! Deslizamentos...

O marechal imediatamente levou as mãos ao bolso sobre o peito onde estavam suas fotografias, mas o homem passou por sua janela gritando:

– Deslizamentos! Deslizamentos em Puglia! Centenas de desabrigados... – o marechal baixou as mãos novamente. As portas se fecharam ruidosamente por todo o trem. O apito soou.

– Quero lhe mostrar algo agora – seu amigo estava abrindo a mala novamente quando o trem balançou bruscamente dando a partida. Mas os grandes olhos do marechal continuaram perdidos, fitando o casal no outro canto. Tantas pessoas viviam no limite, simplesmente tocando a vida, simplesmente "segurando as pontas", mas se alguma coisa dava errado, como um trem perdido, uma semana sem salário, para eles era uma tragédia, pois não tinham recursos além de suas famílias, tão pobres quanto eles.

O homem pequeno e grisalho no canto tinha aquela expressão mansa e paciente... e seus cabelos também eram eriçados... provavelmente a esposa o cortava para ele. As mangas de seu casaco eram curtas demais...

A expressão no rosto de Cipolla quando ele o deixou...
— Obrigado, marechal...
Por que aqueles dois no canto sequer falavam um com o outro? Era sua embotada resignação que... e era um paletó esfarrapado para...

— Algum problema? Marechal? Eu não disse nada que...?

— Não, não — disse o marechal automaticamente, pegando a fotografia que ele estava lhe estendendo com uma das mãos e pegando os óculos escuros com a outra. — Nada mesmo. É só um problema que tenho, uma alergia. Causada pelo sol...

E ele se voltou para a fotografia sem reparar na expressão perplexa do outro enquanto ele desviava o olhar do marechal em direção à janela, de onde as abóbadas e torres iluminadas de Florença desapareciam noite adentro.

Sobre a autora

Magdalen Nabb nasceu em Lancashire em 1947 e se formou ceramista. Em 1975, abandonou a cerâmica, vendeu a casa e o carro e se mudou para Florença com o filho, sem mesmo conhecer ninguém e sem falar italiano, para se dedicar à carreira de escritora de tramas policiais e de livros infantis. Faleceu em 2007.

INFORMAÇÕES SOBRE NOSSAS PUBLICAÇÕES
E ÚLTIMOS LANÇAMENTOS
Cadastre-se no site:
www.novoseculo.com.br
e receba mensalmente nosso boletim eletrônico

novo século